edition*fünf*

Band 21 der edition*fünf*

# Alles absolut bestens bei mir

## 15 Alleingänge aus Finnland

Erzählungen

// Herausgegeben und mit einem Nachwort von Helen Moster

editionfünf

Die Übersetzung wurde gefördert von Finnish Literature Exchange

FILI
FINNISH LITERATURE EXCHANGE

1. Auflage
Originalausgabe 2014
Herausgegeben von Helen Moster


Verlag Silke Weniger, Gräfelfing / Hamburg
herausgegeben von Karen Nölle
im Vertrieb bei Edition Nautilus, Hamburg



*Lektorat* Stefan Moster, Ingrid Schellbach-Kopra
*Gestaltung, Satz und Herstellung* Kathleen Bernsdorf
*Schriften* ITC Charter, Trade Gothic
*Druck und Bindung* Friedrich Pustet, Regensburg
Printed in Germany

ISBN 978-3-942374-44-6

*www.editionfuenf.de*

## // SARI MALKAMÄKI *1962

# VERTRAUEN

Mari wusste, dass ihre Schwester Irmeli am Abend etwas vorhatte. Sie hatte gestern beim Skilaufen offen darüber gesprochen, und selbst wenn nicht, hätte Mari es geahnt. Irmeli war zerstreut, starrte in die Ecken oder aus dem Fenster, lächelte und seufzte, kaute auf den Haarspitzen, setzte sich hin, stand auf und setzte sich wieder, drehte sich vor dem Spiegel und wollte wissen, ob ihr Hintern nicht furchtbar dick sei.

Ja, das war er, aber Mari hielt den Mund. So verlangte es die Mutter, obwohl man sonst immer die Wahrheit sagen sollte. Wenn Irmeli wegen ihrer Pfunde in Trübsinn versank, hatte das ganze Haus zu leiden. »Sie kommt nach ihrem Vater«, murmelte die Mutter dann und drückte Mari an sich. Mari erinnerte sich zwar kaum an den Vater, aber die Fotos zeigten ihr, was die Mutter meinte. Irmeli und der Vater sahen gleich aus, Mari, Mutter, Großmama und Tante Saara dagegen wie von einem anderen Schlag, so mager und langbeinig wie sie waren.

Mari wusste auch, mit wem sich Irmeli am Abend treffen würde: mit Jarmo. Das ärgerte sie, denn wegen Jarmo traf sich Irmeli nicht mehr mit Seppo, und der war Maris Favorit. Seppo sang mit tiefer, ruhiger Stimme »Ach, könntest du die Meine werden …« und begleitete sich dabei auf der Gitarre. Seine Wimpern waren pechschwarz und bogen sich wie bei der Fernsehansagerin Teija Sopanen.

Jarmos Wimpern waren starr und blond, aber Seppo hatte, genau wie Maris Familie, sein Leben lang im selben Haus gewohnt, während Jarmos Familie zehn Jahre in Kanada gelebt hatte und erst letzten Sommer nach Finnland zurückgekehrt war. Das gab den Ausschlag, denn Irmeli fühlte sich unwiderstehlich von der großen weiten Welt angezogen, genau wie einst der Vater. Das hatte die Mutter vor ein paar Wochen beim Abwasch zu Großmama und Saara gesagt. Irmeli war da noch in der Schule gewesen, und Mari hatte sich wie üblich zum Mittagsschlaf aufs Holzsofa in der Wohnstube gelegt – das jedenfalls glaubten die anderen, in Wirklichkeit hatte sie nur reglos mit geschlossenen Augen dagelegen und gelauscht. Hätte sie nachgefragt, wären alle sofort verstummt, und Großmama hätte gesagt: »Ist schon weg, war nur ein Krümel am Kinn« oder »Es war bloß ein Mann aus Öijä.« Das Geschick, sich zu verstellen, hatte Mari den Zugang zur Welt der Frauen verschafft.

Am Abend um Viertel nach sieben war Irmeli fertig. Jarmo sollte eigentlich schon um sieben kommen, aber Irmeli hatte in der Sauna zu Mari gesagt, dass es nichts Erbärmlicheres gäbe, als pünktlich vor der Tür zu sitzen und auf einen Mann zu warten; eine Dame solle stets selbst ein wenig auf sich warten lassen.

Mari erinnerte sich nicht, dass Irmeli je zu Seppos Zeiten so gesprochen hätte. Da hatte sie immer am Fenster gesessen und sofort gewinkt, wenn sie ihn sah, manchmal war sie ihm sogar bis an die Tür entgegengelaufen.

Nach der Sauna hatte dann mächtiger Betrieb geherrscht. Saara hatte eine Bierflasche geöffnet, die Hälfte ausgetrunken und den Rest als Festiger benutzt, als sie Irmelis Haar auf Wickler drehte. Unterdessen hatte die Mutter die Falten in Irmelis neuem Rock mit so konzentrierter Miene gebügelt, als würde sie eine Auftragsarbeit fertigstellen, und Großmama hatte ein Stück Zucker in Nervin getaucht, so wie sie es tat, wenn »Peyton Place« kam oder auch sonst etwas Spannendes passierte, das womöglich für Herzklopfen sorgte.

All das waren Anzeichen dafür, dass Jarmo in ihren Augen etwas anderes darstellte als Seppo. Mari trank Zitronensoda in kleinen Schlucken und beschloss, Seppo um keinen Preis der Welt zu verlassen.

Schließlich war der Rock gebügelt und angezogen, die Haare waren trocken, die Locken gebürstet, die Wangen gepudert und der Lippenstift war aufgetragen worden. Irmeli sah so schön aus, dass Mari den Blick nicht von ihrer Schwester abwenden konnte. In schweren, dicken Wellen floss das Haar auf die Schultern. Nicht umsonst hatte sich Saara eigens eine Frauenzeitschrift aus Schweden kommen lassen, sie hatte in jeder Hinsicht ihr Bestes gegeben und Irmelis Augen geschminkt, die jetzt so schicksalsschwer wirkten, dass es Mari fast einschüchterte. Irmeli sah aus, als könnte sie jeden Moment zur Tür hinausfliegen und von einem unwiderstehlichen Sog in die weite Welt katapultiert werden.

Um zehn vor acht stand fest, dass Jarmo seine eigenen Vorstellungen vom Umgang mit Frauen hatte.

Niemand wusste etwas mit sich anzufangen. Die Mutter glättete die Fransen am Tischtuch und räumte den leeren Kuchenteller, der rechts neben der Zuckerdose stand, nach links und gleich darauf wieder zurück – den fertig aufgeschnittenen Hefezopf hatte sie schon vor halb acht in Pergamentpapier eingewickelt, damit er nicht austrocknete, und das Sahnekännchen wieder kalt gestellt, weil Jarmo nicht auftauchte. Tante Saara saß an der Stirnseite des Holzsofas und tat, als läse sie *Reader's Digest*, aber als Mari sie genauer beobachtete, merkte sie, wie Saaras Blick hin und her huschte, zum Fenster, zur Mutter, zur Großmama, zu Irmeli, zum Fenster, zur Mutter ... Auf ihrem Gesicht lag ein seltsamer Ausdruck, es wirkte fast, als ob sie lächelte.

Großmama hingegen war todernst, stieß sich nur manchmal auf dem Dielenbrett ab, setzte dann den Fuß im Pantoffel wieder auf die Kufe des Schaukelstuhls und nickte mit dem Kopf im Takt der Bewegung, so wie sonntags, wenn sie im Radio den Gottesdienst hörte.

Um Viertel vor acht war Irmeli bereits in sich zusammengesunken wie ein Schneemann in der Frühlingssonne und blickte unstet umher wie der Hausierer, der zweimal im Jahr mit dem Moped aufs Gehöft kam und seinen schweren, abgenutzten Koffer über die Türschwelle schleppte. Man setzte ihm vor, was gerade da war, und kaufte ihm immer etwas ab, und sei es nur ein Taschentuch. Er bedankte sich dann jedes Mal mit einem schnellen Nicken, denn seine Sprache hatte er, wie Großmama meinte, in den karelischen Wäldern verloren.

Auch Irmeli schien stumm geworden zu sein, obwohl ihrem Redefluss sonst kaum jemand gewachsen war. Ihr Schweigen jagte Mari einen Schauer über den Rücken. Genau genommen war ihr auch das Schweigen der Mutter, Tante Saaras und der Großmama unheimlich. Bloß weil ein gewisser Jarmo nicht kam, waren alle verstummt. Man hörte nichts weiter als gelegentliche Seufzer und das Ticken der Uhr, unterbrochen nur durch die Schläge um halb acht und acht. Mari wusste nicht, wie lange sie warten sollten, aber sie würde notfalls bis zum Morgen ausharren, wenn damit Jarmo erledigt wäre und Seppo die Chance zur Rückkehr bekäme.

Mari hatte durch ihren vorgetäuschten Mittagsschlaf nach und nach eine Menge erfahren, dumm war nur, dass sie nicht nachfragen konnte, ohne sich zu verraten. Aber sie beklagte sich nicht, denn so war es immerhin besser als früher, da ihr überhaupt nichts erzählt wurde. Wenn sie bei anderen Leuten gewesen war, hatte sie den Kindern am Gesicht angesehen, dass sie etwas wussten, was sie, Mari, nicht wusste. Das hatte ihr mit der Zeit mächtig zugesetzt.

Im Lauf der Tage hatte Mari erfahren, dass es der Mutter ganz recht gewesen war, dass der Vater, dieser Strolch, sich davongemacht hatte. Der kam und ging sowieso, wie er wollte, und wenn er mal daheim war, hat er betrunken herumgeschrien und über die Weiber geschimpft oder damit geprahlt, was er für ein guter Maurer ist, der reinste König seiner Zunft. Hätte man dem vielleicht einen Altar errichten sollen?, fragte die Mutter und antwortete selbst: Meinetwegen soll er bis in alle Ewigkeit herumstromern! (An dieser Stelle klapperte das

Geschirr stets so heftig, dass Mari um ihre Lieblingstasse fürchtete.)

Die Großmama hatte eine ruhigere Gangart und einen schwereren Tritt, aber ihre Stimme war oft noch strenger als die der Mutter. Der Mann war dazu geschaffen, von daheim fortzugehen, wenn nicht ins Dorf, dann übers Meer oder in den Krieg, dagegen war nichts zu machen. Darum musste man wenigstens selbst anständig leben und den Blick aufs Wesentliche richten: auf die Felder, auf die Tiere, auf die Kinder. Hätte die Großmama damals, als ihr Vater nicht aus Ontario zurückkam, sondern sich ein Kebsweib nahm und mit ihm Kinder zeugte, die Flinte ins Korn geworfen; wenn die Großmama also damals gesagt hätte: Seht zu, wie ihr klarkommt, ich gehe jetzt ebenfalls auf und davon, dann wären sie alle umgekommen, vor Schmerz und Enttäuschung und Hunger, die im Kopf wirr gewordene Mutter und die hilflosen Schwestern und Brüder, und ein paar Kühe und Schweine obendrein. Großmama hatte stark bleiben müssen, obwohl sie fast noch ein Kind gewesen war.

Während sie sprach, wurde es still in der Stube, nur die Dielenbretter knarrten unter den Kufen des Schaukelstuhls, und als Mari ganz, ganz vorsichtig unter der Decke hervorlugte, wischte die Mutter den Tisch mit einem weichen Lappen ab.

Oder wenn die Großmama den Tränen nachgegeben hätte, als der Großpapa in Ihantala auf eine Mine trat und über den Heidelbeerbüschen kreuz und quer durch die Luft flog. Maris Mutter war damals zehn gewesen, und Saara hatte gerade sprechen gelernt. Wenn die Großmama sich damals in ihrem Schmerz vergraben hätte, wenn sie gesagt hätte, dass auch sie nun nicht mehr leben will, mag und kann, dann wären auch das

Leben und die Zukunft ihrer Töchter zerstört gewesen, dann wären Äcker und Wald verkommen und obendrein ein paar Kühe und Schweine, so wie immer. Und es hätte auch keine Enkeltöchter gegeben, weder Irmeli noch Mari, natürlich nicht.

Schließlich wurde auch Saara von diesen Geschichten angespornt, sich vorsichtig zu öffnen. In dieser Runde war man wenigstens jemand, eine betrogene und verlassene Frau wie die anderen. Nach tastendem Beginn wurden ihre Sätze flüssiger, bis sie sich schier überschlugen, so dass Mari nur mit Mühe folgen konnte: Fürs Brautkleid war schon Maß genommen und der Schleier besorgt worden, da tauchten eines Tages Polizisten auf und sagten: Ihr Bräutigam möchte Sie noch einmal sehen, bevor er in den Süden gebracht wird. Dort warten die Gläubiger und ein Gerichtsverfahren wegen Betruges, und außerdem verlangt seine Frau Unterhalt. Jahrelang hat er im Gefängnis gesessen und sich hinterher sogar bei mir gemeldet, das müsst ihr euch mal vorstellen, er hat tatsächlich die Stirn gehabt, mir eine Postkarte mit Anspielungen auf die alten Zeiten zu schicken! In Saaras Stimme schwang ein schriller Ton mit, der Mari an die Kälber erinnerte, wenn sie im Frühjahr vor Erregung zitternd das erste Mal in die Sonne hinausdrängten.

Schließlich waren die Geschichten erzählt, und das Gespräch wandte sich alltäglichen Dingen zu. Dann war es für Mari Zeit, unter der Decke hervorzukriechen und herzhaft zu gähnen, und Großmama sagte mit einem Nicken, wenn ein Kind schläft, das ist, als ob man Geld zur Bank bringt.

Um halb neun war Irmeli so tief im Trübsinn versunken, dass Mari ihre Schwester nicht wiedererkannte. Der vogelbeerrote

Mund wirkte grell zwischen den blassen Wangen, die Augen hatten jeden Glanz verloren, die Arme hingen kraftlos herab, und die Kopfbewegungen waren so mühsam, als würde ein vergifteter Kamm im toupierten Haar stecken.

Mari wunderte sich, dass ihre Schwester von niemandem getröstet wurde. Im Gegenteil, die Mutter fing an zu stricken, zerrte wütend am Wollfaden und feixte, anscheinend setze sich das Pech, das die Familie verfolge, bei Irmeli fort. Die Großmama saß mit geschlossenen Augen und schmalen Lippen da und meinte nur, dass aus Kanada auch früher nichts als Heulen und Zähneknirschen über die Familie gekommen sei. Saara zupfte an Irmeli herum, tat, als korrigierte sie deren Frisur, stellte dabei aber lauthals Überlegungen darüber an, was Jarmo wohl gerade trieb, da er die Verabredung mit Irmeli so ohne weiteres vergaß.

Jeder Satz schien Irmeli noch tiefer in den Trübsinn zu stoßen, so dass Mari das Herz schwer wurde. Alles bedrückte sie, das verkniffene Gesicht der Mutter, die säuerliche Miene der Großmama und Saaras geheucheltes Gehabe. Auf einmal waren ihr die drei Frauen fremd; irgendwelche Leute, zu denen Mari nicht gehören wollte. So etwas zu denken, war schlimm. Wie sehr sie sich auch bemühte stillzusitzen, der Klumpen in ihrer Brust wuchs und wuchs, bis sie schließlich nicht mehr an sich halten konnte, bis sie aufstand, zu Irmeli ging, ihre Hand nahm und ihr so klar und deutlich wie möglich ins Ohr flüsterte:

»Vertrau dem Jarmo. Er hat bestimmt gute Gründe.«

Kaum hatte sich Irmelis erstaunter Blick ihr zugewandt, strich Scheinwerferlicht über die Fenster und zog alle Aufmerksamkeit auf sich. Wie sonst vom vorgetäuschten Mittagsschlaf aus beobachtete Mari, wie Leben in die Frauen kam. Sie bauschten Irmeli das Haar, stellten den Kuchen wieder auf den Tisch und füllten Wasser in den Kaffeekessel. Dann ging die Tür auf, Jarmo kam herein, sagte jeder Einzelnen der Reihe nach guten Abend, auch Mari, und bedauerte, dass er sich so weit über die vereinbarte Zeit hinaus verspätet hatte. Bei seinem Bruder sei das Fieber wieder stark gestiegen, man habe ihn zum Arzt bringen müssen, und weil der Vater nach der Sauna nicht mehr ganz nüchtern gewesen sei, habe eben Jarmo den Patienten und seine Mutter chauffieren müssen. Es sei nichts Ernsthaftes, nur eine Entzündung als Nachwirkung der Hongkong-Grippe, der Arzt habe ihm Penicillin verschrieben.

Irmeli schien sich bei jedem Satz weiter aufzurichten, und bei der zweiten Tasse lachte sie bereits laut über Jarmos Scherze. Nach dem Kaffeetrinken brachen die beiden auf, Mari drängte mit hinaus, sie trat auf den kalten Stufen von einem Bein aufs andere und sah den Rücklichtern bis zur Wegbiegung nach. Sie begriff zwar, dass sie Seppo verraten hatte, trotzdem kam sie sich nicht wie eine Verräterin vor: Jemand hatte Irmeli doch helfen müssen. Bestimmt würden Mutter, Großmama und Saara ihr gleich erklären, warum sie sich so merkwürdig verhalten hatten. »Macht nichts, man muss es nur wissen«, würde sie dann vielleicht zu ihnen sagen, jedenfalls sagte das Großmama immer zu den anderen, wenn etwas im Argen lag.

Aber als Mari wieder in die Stube kam, schienen die Frauen sie gar nicht zu bemerken. Sie plauderten miteinander, so als hätten sie nichts begriffen.

*Aus dem Finnischen von Regine Pirschel*

// **HANNA HAURU** *1978

## STOLZ AUF IHRE FIGUR

Ich schäme mich nicht, ich bin stolz auf jede Speckfalte und trage sie erhobenen Hauptes. Ich hasse es, Fotos aus meiner Jugend zu betrachten, weil ich darauf spindeldürr bin. Keine Formen, keine Titten, vom Hintern ganz zu schweigen. Auf dem Foto vom Schulabschluss habe ich sogar hohle Wangen.

Ich mochte immer die Schmalzkuchen in Schweinchenform, aber in jungen Jahren nahm ich davon nicht zu, obwohl ich jeden Tag eine ganze Tüte verzehrte. Kein einziges zusätzliches Kilo brachte es mir ein. Dabei saß ich täglich bei meiner Oma in der Stube, vertilgte die herrlich knusperigen und von Kalorien triefenden Dinger, die sie besorgt hatte, und trank dazu, die Mundwinkel vom Zucker verklebt, literweise Kaffee mit Sahne. Damals bedachte ich nicht, dass man erst nach und nach an Gewicht zunimmt.

Ein paar Jahre hockte ich also schlemmend bei meiner Großmutter, aber dann starb sie. Ich musste mir eine neue

Bleibe suchen, denn ihr Haus wurde von den Erben versteigert, und ich kriegte nicht den Zuschlag. Andererseits weiß ich nicht, was ich allein in dem großen Bauernhaus gemacht hätte, in dem es niemanden mehr gab, der mir Schmalzkuchen holte und Kaffee kochte.

Meine Großmutter war eine richtige Frau. Fett wie ein Mastschwein. Immer schon. Wenn wir nebeneinander in der Sauna saßen, beneidete ich sie heimlich um ihren Körper. Diese gewaltigen Hängetitten! Dieser bis in den Schritt fließende mächtige Fettbauch! Die Schenkel von schöner Orangenhaut durchlöchert und ein Hintern, der beim Gehen hin und her schaukelte, so groß wie der Arsch einer Kuh. Nach dem Schwitzen legte die Großmutter ihre gewaltigen Titten über die Schultern und spülte sie mit kaltem Wasser ab, in der Sommerhitze schmorten sie, und die Großmutter steckte sich Handtücher darunter. Einzeln hob sie ihre üppigen Bauchfalten an und seifte sie sorgfältig ein, ehe sie sie mit dem Quast bearbeitete. Ich aber war nur eine Bohnenstange, nichts dran zum Festhalten, wenn ich mich wusch. Nichts, was beim Gehen im Takt mit den Hüften schaukelte. Angeblich war ich mit meiner Futterverwertung nach dem Großvater geraten. Und ich grämte mich darüber, dass ich wohl so bleiben würde.

In der Familie meiner Großmutter waren die Frauen immer üppig gewesen. Auf Familienfeiern saßen sie alle beisammen. Die geblümten Kleider spannten unter den Achseln, und der dünne Stoff klemmte sich zwischen die Speckwülste. Die Doppelkinne wabbelten und Schweißgeruch strömte aus den Kleiderfalten. Zum Kaffee gab es Sahnetorte und Butterkuchen. Die Teller wurden mit Plätzchen beladen, dass die Krümel nur so auf die Röcke rieselten. Und dann ging die ganze Sippe in Omas große Sauna, die die Männer den Tag über mithilfe von Schnaps geheizt hatten. Die Frauen saßen oben und peitschten sich gegenseitig mit frischen Birkenquasten. Ich musste zu den Männern nach unten, weil die oberste Bank bis zum letzten Zentimeter mit den großräumigen Frauen gefüllt war.

Ein paar Jahre vergingen, dann wurde die Großmutter zu ihrem Mann heimgeholt. Die schmächtigen Kerle der Familie schleppten gemeinsam den Sarg. Es war ein prachtvoller Anblick. Im Gemeindehaus aßen wir ein letztes Mal zusammen. Die Frauen nahmen schon beim Anblick des Kessels mit den Speckkartoffeln weiter zu, schaufelten sich aber trotzdem die Teller bis zum Rand voll und nahmen auch noch Nachschlag. Auf das Roggenbrot kam eine dicke Schicht Butter, anders kannten sie es gar nicht. Die Männer tranken aus einer versteckten Flasche auf Großmutters Wohl und stocherten im Essen, da ihr Schnapsmagen nicht so viel aufnehmen konnte. Ich registrierte die Essgewohnheiten und den Verzehr der Frauen und zog meine Lehren daraus. Ich besaß ein kariertes Heft, in dem ich die Mengen eintrug, die jede der Frauen zu sich nahm. Dieses Heft hatte ich auch bei mir, als ich später mit dem Postbus das Dorf verließ.

In der Stadt fand ich eine Wohnung von passender Größe und setzte mir zum Ziel, mir mit vierzig nicht mehr den Hintern abwischen zu können, ohne dazu die Toilettentür zu öffnen.

Da setzte dann auch schon das große Grübeln ein, denn ich besaß ja nur zehntausend Mark in der damaligen Währung. Mit dieser Summe hatte mich Großmutter bedacht. Also gleich am ersten Werktag auf zum Arbeitsamt, aber es herrschte gerade Rezession im Land. Die angebotenen Arbeitsplätze waren physischer Natur, was bedeutete, dass ich die Kalorienmenge, die ich aß, bei der Arbeit gleich wieder verbrannt hätte.

Meine Gründe der Arbeitsverweigerung wurden von der Sozialversicherung nicht anerkannt. Ich füllte den Antrag in deutlichen Druckbuchstaben aus, trotzdem kam er abgelehnt zurück. Sie verstanden nicht, dass meine Lebensaufgabe darin bestand, genauso umfangreich wie die Großmutter zu werden, und dass sich das mit physischer Arbeit nicht vertrug. Sie verhängten eine Karenz.

Nun, ich hatte die Zehntausend von der Großmutter und fand eine gute Konditorei, in der die Schmalzkuchen ebenso lecker waren wie einst im Dorfladen. Morgens bekam man die vom Vortag zum halben Preis. Das fand ich mehr als angemessen. Ich stand jeden Morgen zeitig auf, brühte mir rasch einen Kaffee und verließ schon eine halbe Stunde vor Öffnung der Konditorei das Haus, um meinen Lauerposten in der Kneipe auf der anderen Straßenseite zu beziehen. Damals öffneten auch die Kneipen bereits um acht, und so konnte ich ein paar schäumende Krüge leeren, ehe ich mich drüben anstellte.

Die Städter achteten auf ihr Gewicht, so dass ich die Schmalzkuchen vom Vortag en gros haben konnte. Die aß ich zuerst, und dann waren auch schon die frischen an der Reihe. Es brachte keinen Erfolg. Ich hatte mir eine digitale Waage gekauft, aber mein Gewicht stieg in den ersten Monaten um keine hundert Gramm. Nach Großmutters Anleitung kochte ich mir Speckkartoffeln aus guten Zutaten und strich mir Butter aufs Roggenbrot, alles umsonst.

Doch mir wird immer noch warm ums Herz bei der Erinnerung an meinen dreißigsten Geburtstag, an dem die Waage endlich eine Gewichtszunahme anzeigte. Das beflügelte mich endgültig in dem Vorhaben, mich zu mästen. Es heißt immer, dass Frauen mit dreißig in die Krise kommen, weil sie zweimal sorgfältiger beim Essen aufpassen und sich zweimal mehr bewegen müssen, um schlank zu bleiben. Bei mir verhielt es sich genau umgekehrt.

So mehrten sich die Kilos, und als ich fünfunddreißig war, hatte ich, als ich auf die Waage stieg, bereits Grund, mit dem Ergebnis zufrieden zu sein. Auf der Straße zeigten die Leute mit dem Finger auf mich, wenn ich zur Konditorei und von dort mit der Kuchentüte in der Hand wieder nach Hause wabbelte.

Gestern bin ich vierzig geworden und kann sagen, dass ich das Ziel, das ich mir in jungen Jahren setzte, erreicht habe: Ich muss mir einen schmächtigen Mann suchen, der mir beim Hinternabwischen hilft.

## DIE BEHAARTE FRAU

»Du siehst aber ungepflegt aus«, sagte eine ältere Frau zu mir in der Dusche der Schwimmhalle. Ich hatte gemerkt, wie sie mich musterte, mich aber nicht darum gekümmert. Ich war es gewohnt, angestarrt zu werden. Draußen verbirgt zwar die Kleidung meine Behaarung, aber ich schäme mich auch nicht, sie zu zeigen.

Alles begann, als ich zehn Jahre alt war. Damals brachte meine Schambehaarung die anderen Mädchen meiner Klasse beim obligatorischen Abduschen nach dem Sport zum Kichern. Anfangs begriff ich nicht, warum sie mich auslachten. Meine Mutter war immer stolz auf ihre Behaarung gewesen, und so betrachtete ich auch meine von jeher als natürlich. Die anderen Mädchen hatten höchstens ein wenig dünnen Flaum vorzuweisen, aber bei mir spross es unten, nachdem das Wachstum einmal in Gang gekommen war, innerhalb weniger Monate üppig.

Dann folgte die Achselbehaarung. Meine Mutter war ein paar Monate zuvor gestorben, so dass ich beschloss, auch diese Haare niemals abzurasieren. Sie erinnerten mich an meine Mutter und daran, wie bei ihr der Schweißgeruch der Jahrzehnte in den Achseln haftete. Es war kein scharfer oder stechender Geruch, sondern ein dumpfer, der Geborgenheit ausstrahlte, gleichsam das Markenzeichen der Haare.

Wenn wir in der Schule in ärmellosen Hemden Basketball spielten, sahen alle den schwarzen Filz in meinen Achselhöhlen, und die Mädchen kicherten ungeniert. Mir sickerte der Schweiß aus der Behaarung, als ich erkannte, dass ich anders war als die anderen. Wir waren dreizehn, und ich war den anderen mehr und mehr voraus.

In der Raucherecke erzählten die beliebtesten Mädchen der Klasse den Jungen flüsternd von mir. Ich wurde zu einem allgemeinen Witz. Es gab niemanden, der meine Behaarung verteidigt hätte. Meine Mutter fiel als Stütze aus, und meinem Vater konnte ich es nicht sagen. Es wäre mir peinlich gewesen. Frustriert schrieb ich meine Gedanken ins Tagebuch, schnitt von beiden behaarten Stellen Büschel ab und befestigte sie mit Klebeband auf dem Papier. Danach fühlte ich mich erleichtert und beschloss, fortan als Anwältin der Körperbehaarung durchs Leben zu gehen.

Im letzten Frühjahr vor dem Schulabschluss mussten wir dann mit den Jungen ins Schwimmbecken, und der Lehrer zeigte uns, wie man krault, ohne dass man Wasser in die Luftröhre bekommt. Ich muss nicht extra erwähnen, dass meine Schamhaare unter den Beinabschlüssen des Badeanzugs hervorquollen und die Achselhaare platt auf dem Wasser lagen, während ich schwamm. Ich konnte nichts dafür. Meine Behaarung war eine Art Nachruf auf die von mir so bewunderte Ideologie meiner Mutter.

Einzig mein Haupthaar weckte bei den anderen Begeisterung. Der Wind blies Nester in die Haarflut, die mir bis auf den Rücken hinunterreichte, es war kräftiges schwarzes Haar, und mit den Jahren wurde es immer dichter. Die Mädchen flochten es und öffneten nach einiger Zeit die Zöpfe wieder, worauf sich das Haarmeer wellte.

Mit dem neunten Schuljahr endete auch das Gekicher. Ich hatte keine Lust, aufs Gymnasium zu gehen, stattdessen bewarb ich mich an der Berufsschule, um Damen- und Herrenfriseuse zu werden. Es war an sich ein Widerspruch, aber während ich anderen Leuten die Haare schnitt oder rasierte, lernte ich meinen eigenen Entschluss noch mehr zu schätzen. Wehmütig schaute ich zu, wie das Haar der Kunden in Büscheln zu Boden fiel. Je üppiger die Haarpracht war, die sich die Leute abschneiden ließen, desto öfter musste ich die Arbeit unterbrechen und ins Hinterzimmer gehen, um über ihren Verlust zu weinen. Ich fand, dass sie mit den Haaren einen Großteil ihrer selbst einbüßten. Trotzdem gingen sie nach dem Bezahlen lächelnd mit ihrer neuen Frisur zur Tür hinaus. Ich fegte wehmütig die fremden Haare zusammen und beförderte sie in einen Müllsack, den ich in meinem Spind aufbewahrte. Das war mein eigenes kleines Krematorium.

Als ich die zwanzig überschritten hatte, zeigte sich auch über meinen Lippen Behaarung. Anfangs war es bloß dürftiger blonder Flaum, aber im Lauf der Monate wurde er vielversprechend dunkler und dichter. Mein Chef, der Besitzer des Salons, sah meinen Bart mit Unwillen und deutete an, dass er ihn wohl mit Wachs entfernen müsste, da ich mit meinem ungepflegten Äußeren bereits Kunden vertriebe. Ich musste mich wieder mal verteidigen und wurde dafür gefeuert.

Notgedrungen meldete ich mich arbeitslos. Ich suchte einen Job im Dienstleistungssektor, aber jede infrage kommende Stelle war für mich nach dem Bewerbungsgespräch passé. Die Chefs konnten den Blick nicht von meinem Oberlippenbart abwenden, und am Kinn wucherte es inzwischen auch. Sie verhaspelten sich mit ihren Fragen und räusperten sich, um ihre Verwirrung zu kaschieren. Zum Schluss erklärten sie höflich, ich bekäme die Stelle, wenn ich mein Gesicht »säubern« würde. Mir traten Tränen in die Augen, beim Verlassen eines jeden Bewerbungsgespräches weinte ich über die Intoleranz der Menschen.

Bis zu dem Tag, an dem ich zufällig mein altes Tagebuch fand, zog ich mich mehr und mehr zurück. Im Sommer erschraken die Menschen, besonders die Frauen, vor meiner Beinbehaarung, obwohl ich meiner Meinung nach das volle Recht hatte, bei Hitze einen Minirock zu tragen. Bei geschlossener Jalousie und surrendem Ventilator saß ich in meinem Apartment und starrte auf den Verkaufskanal im Fernsehen, wo den Frauen die verschiedensten Haarentfernungsmittel aufgeschwatzt wurden.

Das Tagebuch hatte hinter Romanen gesteckt und fiel heraus, als ich im Bücherregal staubwischte. Da waren sie, meine ersten Haare, die ich mit Porträtfotos meiner Mutter umrahmt hatte. »Scheiß drauf«, schrie ich aus Leibeskräften und öffnete die Jalousien. Man würde mich nicht länger mit Blicken demütigen. Wie hatte ich nur meinen Stolz und die ermunternden Worte meiner Mutter vergessen können? Wo waren ich und meine Haare geblieben? Der Mensch hat auch noch andere Werte. Das war die Wahrheit.

Ich beschloss, ein Lokal am Rande des Viertels aufzusuchen, wo es draußen vor Leuten wimmelte, und einen Cider zu trinken. Ich zog mir ein ärmelloses Minikleid an, dazu High Heels, die seit dem Kauf nur herumgestanden hatten. Mit offenem Haupthaar und stolz zur Schau gestellter Körperbehaarung stöckelte ich auf die Tische vor dem Lokal zu. Ich bat höflich darum, den einzigen noch freien Stuhl nehmen zu dürfen, und setzte mich, um auf den Kellner zu warten.

Da war er: der Mann meines Lebens, mein Seelenverwandter. Der Kellner, bei dem das lange Haar und der bis auf die

Brust reichende Bart eins waren. Man erkannte nicht, wo die Grenze verlief. Er stutzte, als er mich sah, erschrak aber nicht. Er brachte mir den Cider, brachte noch einen zweiten. Als die Kühle des Sommerabends die anderen Gäste veranlasste, nach drinnen zu gehen, setzte sich der Kellner mit einem Glas Whisky zu mir an den Tisch. Er trug keine Schürze mehr, seine Schicht war beendet. Er starrte mich nur an und begleitete mich wenig später nach Hause. Ich bat ihn herein und bot ihm von dem Wein an, den ich den ganzen Sommer über allein in der dunklen Wohnung getrunken hatte.

Der Mann äußerte den Wunsch, mich zu entkleiden, und konnte den Blick nicht von mir wenden. Er drehte mich herum und fuhr mit den Fingern durch meine Körperhaare. Dann zog er sich ebenfalls aus, und obwohl er waschechter Finne war, war er behaart wie ein türkischer Pizzabäcker. Ich war trunken vor Glück.

Der Mann blieb an diesem Abend bei mir und ging nicht wieder fort. Nach einer Woche verlobten wir uns und eine weitere Woche später heirateten wir. Auf dem Hochzeitsfoto fließen unsere Haare ineinander, dass wir aussehen wie ein Trollwald.

*Aus dem Finnischen von Regine Pirschel*

## // **EEVA KILPI** *1928

## SOMMER UND EINE FRAU MITTLEREN ALTERS

Als sie an diesen von Menschen und Gott verlassenen Ort gekommen war, hatte sie beschlossen, im Einklang mit der Natur zu leben, im Einklang mit Insekten, Mäusen, Maulwürfen, Fliegen, ja sogar mit dem Schmutz. Auf dem Grundstück sollte in diesem Sommer nicht einmal gemäht werden. Das Gras sollte frei und üppig wachsen dürfen, wie es wollte. Solange auf dieser verdammten, in Dreck und Müll ertrinkenden Erdkugel noch ein Halm den Kopf hob, wäre sie nicht der Mensch, ihn abzuschneiden. Sie würde sich lediglich kleine Pfade trampeln, zum Brunnen, zum Vorratsschuppen, zum leeren Stall, zum Plumpsklo und hinter dem Plumpsklo zu der Stelle mit den gewaltigen Brennnesseln, wo das Brauchwasser ausgeschüttet wurde. Wie sehr sie die Brennnessel liebte, diese kräftige, gnädige Pflanze, die mit ihrem dichten Blattwerk alle menschlichen Spuren verdeckte: die Rückwand des Aborts, die leeren Konservendosen und dieses nicht abbaubare Plastik, das einen zur Raserei bringen konnte, weil nicht einmal Rost, Schwamm und Motte seiner ewigen Haltbarkeit etwas anhaben konnten. Wo heute die Brennnesseln standen, war früher Waschwasser ausgegossen worden, damals, als man im Haus noch synthetische, die Umwelt verschmutzende, blendend weiß machende Mittel benutzt hatte, die sich dauerhaft in der natürlichen Nahrungskette anreicherten. Leinölfirnis, Terpentin und heißes salziges Kartoffelwasser hatte man hier ausgekippt und außerdem eine uralte Dose Ätznatron begraben, die man auf dem Dachboden gefunden hatte. Zu allem Überfluss lief auch das Ammoniak aus der alten Jauchegrube in dieselbe Richtung. Aber die wundersame Pflanze wucherte immer weiter, wurde immer höher und stärker, je mehr Gift man über ihr ausgoss. Sie schwankte im Wind wie dichtes Getreide, und Id-Mari glaubte die Erdkugel von riesiger Brennnesselvegetation überzogen durchs Weltall sausen zu sehen, ein bauschiger grüner Ball, der sich um die eigene Achse drehte und dessen Pflanzenspitzen sich nach der Sonne reckten.

Id-Mari blieb stehen, um die Apfelbäume im hohen Gras zu betrachten. Vier von ihnen waren inzwischen tot, zwei machten langsam schlapp, trugen nur noch ein paar kümmerliche Früchte an den mit Flechten bewachsenen Ästen. Was war es, das sie umbrachte? Die Maulwürfe? Der Frost? Der Mangel an Pflege und Aufmerksamkeit? Das Gras? Womöglich starben Apfelbäume, diese Hauspflanzen, die so gesellig waren wie Haustiere, an Kummer, wenn sie keine menschlichen Stimmen hörten und nicht die Schritte der Bäuerin auf dem Weg zum Vorratsschuppen, nicht die Flüche des Bauern, wenn der Pflug gegen einen Stein prallte. Selbst die Schwalben, die in den ersten Jahren noch unter dem Dach der alten Korndarre genistet hatten, waren fort. Auch ihnen gefiel es ohne Menschen nicht. Jetzt kamen sie nur noch täglich besuchsweise angeschwirrt, grüßten gegen fünf Uhr am Nachmittag mit ihrem wirbelnden Sirren, so wie früher, stellten ihre neuen Jungen vor, kurvten über das Grundstück und die Seen und schnappten sich die besten Bremsen. Id-Mari schaute ihnen gerührt zu: Nicht alle Kreaturen verabscheuten also den Menschen.

*Neben dem Pfad ein aufrecht vertrockneter Apfelbaum* ... Gut, dass es Dichter gab, die in ihren Gedichten solche Dinge zur Sprache brachten. So kann man sich, wenn ein Apfelbaum stirbt, aussuchen, ob man Lyrik liest oder ein Gartenbuch.

Auf dem Gras lastete der Morgentau, als sie mit dem Kaffeekessel in der Hand hindurchging, am Vorratsschuppen vorbei zum alten Brunnen. In der Hitze war das Wasser darin verdorben, obschon sie ihn einmal bis zum Kies am Grund geleert hatte. Aber der Kaffee wurde mit nichts so gut und weich wie mit diesem bräunlichen, nach Schlamm riechenden Wasser, in dem die Flöhe schwammen. Der Brunnen war komplett aus Steinen gebaut worden, auf den Feldern der Provinz Savo fanden sich unendlich viele davon für jeden Zweck. Es gab auf dem Grundstück gleich drei solche nach Vergessen stinkende und irgendwie biblisch aussehende Brunnen. Lange Natursteinmauern parzellierten das verwildernde bisschen Ackerland, inmitten der Parzellen lagen Steinhaufen oder gar ganze Hügel aus Stein, der Stall war aus Stein, für die Kartoffeln gab es eine steinerne Miete, das Haus stand auf einem Steinsockel, der steinerne Backofen vor dem Haus war so riesig wie eine Höhle – noch gaben an diesem Tag die Wände kein Lebenszeichen vom Feuer darin –, der Ofen in der Korndarre bestand aus so großen Steinblöcken, als hätte ein Riese sie an Ort und Stelle gesetzt, im Hof lag vor jeder Tür eine Steinplatte, und überall dort, wo der Stein bis dicht unter die Oberfläche reichte, sah man von der Hitze verbranntes Gras. Es gab viele solche Stellen. Es war Nassboden, wie die Einheimischen sagten, die Steine halten ihn feucht, alles wächst gut. Tatsächlich hatte es den Anschein, als könnte nichts das Wachstum aufhalten, keine Macht im Himmel und auf Erden, Id-Mari ertrank geradezu im Gras; Haus, Nebengebäude, Beerenbüsche, Apfelbäume, alles ertrank in überbordendem Wachstum. Sie brauchte diese Erkenntnis, diese Erfahrung mit der Kraft des Wachsens, darum streifte sie demütig und zufrieden durch den armdicken Waldkerbel, verneigte sich jeden Morgen vor dem Brunnen, um Wasser zu bekommen, guter Brunnen, schöner Brunnen, gib mir dein Wasser …

Von unten betrachtet sah der Waldkerbel wie Wald aus. Wenn man aufstand, hatte man für einen Moment das Gefühl, als wüchse er, so weit das Auge reicht, ähnlich wie die Brennnesseln hinter dem Stall. Seltsamerweise standen die Pflanzen hier wie in Zonen, jede Sorte in ihrer eigenen, aber jeden Sommer hatte es Veränderungen gegeben. In den ersten Sommern hatte der Waldkerbel alles überwuchert. Sie war mit ihren Gästen durch überschäumendes Weiß gegangen, die kleinen Kinder waren zwischen den hohen Gewächsen verschwunden, es war geweint und gelacht worden. Durch seine ungeheure Größe sah der Kerbel wie ein Missverständnis aus, als wäre hier in den ostfinnischen Wäldern ein universaler Code falsch gedeutet worden: Es werde Licht, sprach Gott, und die Gefilde

Savos erblühten von Waldkerbel und Margeriten. Und wenn sie aufhörten zu blühen, gab es auf der Welt tatsächlich weniger Licht, die Wiesen schienen jedes Jahr Mitte Juli zu erlöschen. Diesen Sommer hatte sich grobes, struppiges Kraut von der alten, kurz vorm Verfall stehenden Sauna zum Haus hin ausgebreitet, in unfassbarer Dichte hatte es sich fortbewegt, wie außer Rand und Band die Fläche zwischen Sauna und Zufahrtsweg überwuchert, die früher vom Waldkerbel bedeckt gewesen war, es war in die Höhe geschossen, dieses Kraut, hatte ohne einzuknicken Regen und Wind standgehalten und wurde nun allmählich gelb, und zwar selbstbewusst und aufrechten Hauptes wie Weizen. Wo nahm es nur die Kraft her, auf diesem Brachacker, dem alle prophezeiten, er werde in wenigen Jahren verkommen und verwildert sein? Von der Darre her machte sich Leinkraut breit; anfangs hatten nur einige wenige Stängel dort gestanden, inzwischen war es bis zum See vorgedrungen, hatte mit seinem Gelb die von spärlichem Gras bewachsenen, leicht austrocknenden Hügel bedeckt, quoll exotisch aus den steinernen Wandritzen des Vorratsschuppens, schob sich triumphierend durch die morsche Astegge, suchte sich jedes freie Fleckchen auf dem Hof, verzierte sogar die Stallfenster, wuchs und blühte auf dem blanken Rahmenholz, üppig und voll wie der Geißklee und der Ginster, die man auf Reisen in den Süden sieht. Und als sie einen weiteren alten Brunnen von halbmorschen Holzstücken und Torf befreite (hinter der Sauna; sie hatte ihn entdeckt, als sie mit dem Fuß durch den Deckel brach), sah sie, wie die weißen Wurzeln einer neuen Pflanze vollkommen gerade aus dem Inneren eines morschen Baumstumpfs drangen und wie das Holz, das sie anhob, plötzlich aufhörte,

Holz zu sein, und Erde wurde, guter, reiner, leichter Humus, es hätte nicht viel gefehlt, und sie hätte davon gekostet. Gott, wie sie es genoss, all das zu sehen! Sie stellte sich vor, wie natürlich es wäre, seelenruhig auf diesen Hängen zu Erde zu werden, im Gras oder gar im Graben, den Wurzeln zu erlauben, in sie einzudringen, buchstäblich pflanzlich zu werden, die Finger zu Klee, die Brustmuskeln zu Wicken, Binsen und Erbsen, vornehmere Pflanzen brauchten es gar nicht zu sein, weiße längliche Wurzeln bloß, dazu natürlich die Raritäten dieses Ortes, die prächtige Wolfsmilch, die neben dem Erdkeller wuchs, und die wilde Heckenkirsche am Hang, die die Schändung des Hügels durch die Gemeinde überlebt hatte. Sie würden als Erste randürfen. Zumal sie im Frühjahr die Heckenkirsche selbst unter den Kahlschlagabfällen ausgegraben hatte, voller Freude, weil die Pflanze erhalten geblieben war, aber auch beinahe mit Tränen in den Augen angesichts der kleinen, sinnlos zerstückelten Fichtenschösslinge ringsum.

Ich werde alles in Ruhe vermodern lassen, dachte sie. Auch dieses Haus, das niemandem etwas bedeutet außer mir. Dessen Erbauer es aufgegeben haben, um in fruchtbarere, leichter zu bebauende Gegenden und Ländereien mit großen, steinfreien Äckern zu ziehen; das der Makler nicht losgeworden war, weil es den Ferienhauskäufern, die eine Straße und Wasser wollten, nicht gut genug war, das armselige Hügelchen zwischen zwei kleinen, stinkenden Seen, wie negative Personen es nannten; das heruntergekommene Haus, in dem sich die Kinder nicht wohlgefühlt hatten und auch ihr Mann nicht, damals, als sie ein solches Geschenk des Himmels noch besaß. Mit der Zigarette zwischen den Fingern hatte er im Hof gestanden wie einer, der sich nicht zu Hause fühlt, und aufgezählt, was alles repariert werden müsste, was als Erstes einstürzen, was morsch werden, was rosten, was schimmeln würde. Besucher, die in den ersten Sommern gekommen waren, hatten von Flüssiggas gesprochen – das sollte man sich vielleicht doch anschaffen –, von einer Pumpe für den Brunnen, von einer Sickergrube zumindest. Es gab sogar gasbetriebene Toiletten; jemand hatte das erwähnt, als er mit abgespreizten Fingern vom Plumpsklo kam, sie seien praktisch, alle Häufchen lösten sich darin in Rauch auf, bloß ein grünliches Flämmchen flackerte. Der Schwager hatte auf die Fenster hingewiesen, zumindest die müssten innerhalb weniger Jahre erneuert werden, und der Mann der Tante ihres Ex-Mannes hatte empfohlen, Wald anzupflanzen, schon ein halber Hektar zahle sich mit Zins und Zinseszins aus. Id-Marie hatte sich aufgeregt, ohne selbst zu wissen, warum. Sie hatte sich gerechtfertigt und verteidigt, während sie Feuer im Herd machte oder wenn die Gäste auf den Kaffee warten mussten: Müsste das nicht langsam mal kochen, wahrscheinlich war das Holz feucht, was für dicke Knorzen aber auch … Und der Herd … Immer wenn er spürte, dass er nicht geliebt wurde, ließ er Rauch in die Stube quellen, dicke blaue Wolken auf die hellen Sommerkleider der Gäste, auf gebügelte Hosen und Wickelröcke, gerade als sie ihn noch wegen seines guten Zugs und seiner Schnelligkeit gelobt hatte.

Sie besaß nicht einmal einen Spiegel. »Wo hast du denn einen Spiegel?«, wurde sie gefragt. Ich habe keinen Spiegel, ich habe immer vergessen, einen zu kaufen, es ist so mühsam, ihn hierher zu transportieren, hatte sie gesagt, mit Ruß auf der Nase, mit Asche in den Augen, mit Haaren, die irgendwie rechts und links unterm Kopftuch hervorstanden. »Beim nächsten Mal bringen wir dir einen Spiegel mit …« Bis sie diesen Sommer erklärt hatte: Ich habe keinen Spiegel und ich habe auch nicht vor, mir einen anzuschaffen. Ich will hier keinen Spiegel haben!

Und so hatte es sich eben ergeben, dass sie diesen Sommer allein hier war. Die großen Kinder arbeiteten in der Stadt, in einer Autowerkstatt, beim Elektrizitätswerk und als Kurier. Nur der Jüngste war Anfang des Sommers bei ihr gewesen, der schmächtige Dreizehnjährige, schwankend zwischen pubertärer Gereiztheit und Mutterbedarf, ihr letztes Kind. Dann hatte auch er fortgewollt, hatte versichert, er käme allein zurecht, auf dem Land würde er sich zu Tode langweilen. Sie wollte ihre Kinder nicht festbinden, sie durften selbst entscheiden, solange das Geld zum Luxus der Entscheidung reichte, von dem immer die Rede war, ohne dass daran gedacht wurde, was er kostete.

Sie hatte das Gefühl, als lächelte ihr die Wohnküche beim Eintreten jedes Mal zu und als finge die Sonne immer dann an zu scheinen, wenn sie aus dem Fenster schaute. Im Lauf des Tages beschrieb die Sonne nahezu einen geschlossenen Bogen um das Haus, färbte noch nach dem Untergang bis lange in die Nacht hinein die Kiefernstämme rot und ging am Morgen fast an derselben Stelle wieder auf, weckte die Vögel, die Fliegen und den Wind.

Id-Mari maß Kaffee ab und stellte den Kessel auf die Flamme; an solchen warmen Morgen war sie immerhin bereit, den Campingkocher zu benutzen. Außerdem herrschte Waldbrandgefahr, man musste den Vorratsschuppen und das Schindeldach des Stalls schützen. Die Wettervorhersage war hier von großer Bedeutung. Sie hörte sie regelmäßig, es war schönes Wetter vorausgesagt worden, beständig schön, Hitze, es war hier wärmer als in Madrid, und dies zu wissen, löste eine sonderbare Genugtuung aus, das nationale Selbstbewusstsein des Nordens warf sich in die Brust: Auch wir können das. Die Nachrichten abends um sieben gehörten ebenfalls hierher, und die Rede des Präsidenten; die Kinder waren zu Besuch gewesen, auf einen Sprung bloß, wie man sagte, und sie hatte mit gelassenem Selbstwertgefühl wie eine Matrone am Tisch gesessen und ihre Kinder kommandiert: Still, jetzt kommt die Rede des Präsidenten. Und sie hatte respektvoll gelauscht, die Hände auf dem Tisch gefaltet und sich als Bürgerin gefühlt, die vom Landesvater angesprochen wurde. Gutes Anbrennholz, ordentlicher Zug im Herd, trockene Scheite, gutes Wasser – all das hatte die Bedeutung, die es hier schon immer gehabt hatte. Und diese Lebensweise übertrug sich. Sie wurde über Türgriffe, Herdringe, Tisch und Bänke übertragen; das Knarren der Scharniere, die nachgebenden Bodendielen, das Knacken in den Ecken, wenn das Haus abends abkühlte, all das war dasselbe Leben, das seit Jahrzehnten in diesem Haus geführt wurde, wie auch vorher schon, es war geblieben und Id-Mari hatte es zu dem Haus dazu geschenkt bekommen, so wie auch die Schwalben und die Wege, wie die Lebensform, die sie hier gewählt hatte. Das Gefühl, dass dieses Haus schon lange von Menschen bewohnt worden war, konnte man nicht künstlich herstellen und bekam man nicht für Geld, sondern nur geschenkt. Sie war wie ein Gast, wie eine Besucherin dazugekommen, aber das Haus hatte sie ohne zu fragen aufgenommen, sie billigend umfangen, tritt ein, komm in die gute Stube, setz dich auf die Bank. Aus diesem Grund war sie hier nie einsam; es ging ihr einfach gut. An jeder Stelle gab es Spuren eines Schrittes, einer Hand, des Wohnens. An der Tür hatte ein Hund gekratzt, die Klinken waren von Händen blankpoliert, die Schwellen abgetreten, an der Wand der Platz für die Uhr, auf dem Dachboden Rosentropfen und Salbe gegen Frostbeulen.

Aber wenn sie allein am Tisch saß, auf der Bank, die an der Wand entlanglief, und durch das Fenster gegenüber sah, auf das lange, gelb werdende Gras, auf die Scheune, die darin ertrank und auf den Schwarzsee dahinter, hatte sie das Gefühl, endlich einmal ehrlich zu sein: Genauso allein bin ich in Wirklichkeit. Daher dieser Friede und dieses Gleichgewicht: Ich erlebe diese Einsamkeit als Ehrlichkeit. Und in dieser Feststellung liegt keine Spur von Wehmut oder Selbstmitleid, auch wenn es danach klingen würde, wenn man es erklären müsste, wenn man mit anderen darüber spräche; eher war es Kraft und Ruhe, etwas, das hier selbstverständlich und überall verbreitet war, als Teil des Ganzen.

In diesem Sommer war sie zum ersten Mal allein. Es war der erste Sommer nach der Ehe und den Kindern, der erste Sommer nach Studienzeit, Jugend, Kindheit. Nach dem Leben, beinahe. Der erste Sommer überhaupt seit den Zeiten, in denen alles nur für sie dagewesen zu sein schien.

Tagelang sah man keine Menschenseele. Bisweilen konnte über eine Woche vergehen, ohne dass sich jemand blickenließ. Wenn sie mit dem Fahrrad ins Dorf fuhr, um Lebensmittel einzukaufen, erschrak sie jedes Mal über die ersten Leute, die ihr begegneten, und noch mehr erschrak sie über ihr Spiegelbild, wenn sie aus Versehen irgendwo darauf stieß, über das braune, nackte Gesicht, zu dem man sich einfach bekennen musste; wie zu einer Verwandten, um die man einen weiten Bogen gemacht hatte, die man kaum noch kannte, die aber trotz allem noch eindringliche Züge besaß. Im Laden kam sie sich vor wie im Ausland, sie kaufte, was sie schleppen konnte, um damit so lange wie möglich auszukommen, jeden Krümel aß sie so sorgfältig wie eine Maus.

Diese Welt ist voller Verrückter, dachte sie, wenn ein Auto an ihr vorbeiraste, und sie spürte eine enorme Überlegenheit, die ihr Freiheit verlieh und sie auf die unterste Stufe in der Hierarchie der Landstraße rutschen ließ. Unter ihr gab es nur noch die Fußgänger, und von denen sah man auf der Landstraße so gut wie keine. Schon die Mopedfahrer, die sie stinkend und knatternd hinter sich ließen, standen weit über ihr und ihrer hastlosen Freiheit und Unabhängigkeit. Sie empfand Genugtuung, wenn sie sich vorstellte, wie sich die Arbeit ihrer Muskeln ehrlich und mit begreiflicher Eindeutigkeit über die Zahnräder in Bewegung verwandelte und ihre Fahrt exakt in dem Maß voranging, wie sie in die Pedale trat. Wenn etwas ehrlich war, dann das. Keine Ausbeutung, keine Verbrennungsmotoren, kein Lärm, kein Gestank wurden erzeugt, das Fahrrad war eine der wichtigsten, aber auch eine der anständigsten Erfindungen des Menschen.

Manchmal fuhr ein Mann mit Motorsäge auf seiner Maschine übers Grundstück, so dass die ganze Welt aufschrie bei seiner Fahrt zur Arbeit in den Forst der Papierfabrik, in die hintersten Wälder, die ringsum nach und nach spärlicher wurden; man konnte dort unvermutet auf eine Lichtung stoßen, wo früher ein dichter Fichtenbestand gewesen war, ein Pilzwald oder ein Blaubeergebiet, mit aufragendem Wintergrün wie Kerzen, in der Luft das Aroma der Waldhyazinthe. Die moderne Art, den Wald zu fällen, entsetzte sie: Alles wurde umgeholzt, auch die kleinen Schösslinge. Das Resultat war durch und durch trostlos und sah verkehrt aus, auch wenn es in der Theorie noch so richtig sein mochte. Auf die gleiche Art war im Winter von der Gemeinde auch ihr schöner Hügel zerhackt worden, derjenige, auf den sie morgens stets den ersten Blick richtete. Alles war dem Erdboden gleichgemacht worden, das Reisig hatten sie liegen lassen und die gefällten Bäume am Fuß des Hangs wie Leichen aufgestapelt, und als sie sich beschwert hatte, mit enormem Widerwillen gegen ihr eigenes Verhalten, war sie unfreundlich abgefertigt worden, niemand hatte sich auch nur die Mühe gemacht, ihr Gehör zu schenken, man hatte die Angelegenheit vom einen zum anderen geschoben, sie hatte den überdrüssigen, aus dem Fenster schauenden Männern wie ein Tonbandgerät vorsingen müssen, bis sie kurz davor war, sich zu übergeben. Am Ende hatte man ihr versprochen, sich darum zu kümmern, aber die nächste Maßnahme bestand dann darin, dass die Gemeinde einen Grenzstreit vom Zaun brach, sich ein Hintertürchen ausdachte, worauf der Fall im Archiv des für die Bodenteilung zuständigen Gerichts begraben wurde, aus dem man es vermutlich bis zu ihrem Lebensende nicht wieder hervorholen würde. Und was spielte das auch für eine Rolle, da zu ihren Lebzeiten der Hügel nicht mehr so werden würde, wie er gewesen war, sie würde für den Rest ihres Lebens an den Sommermorgen auf die entstellten Hänge blicken müssen und schauen, ob die wenigen einsamen Samenbäume, die man übrig gelassen hatte, nach den stürmischen Nächten noch standen; oft fielen die wenigen Verbliebenen später im

Wind um, ihr Wurzelwerk war darauf eingerichtet, im Wald zu überstehen, im Schutz der Masse.

Einmal ging Ende Juli ein Krebsfänger mit Rucksack, Kescher und stinkenden Ködern zum Bach, der in den größeren See mündete.

»Was gibt's Neues in der Welt?«, fragte Id-Mari den Mann, als dieser am Haus vorbeiging. In dieser Gegend verliefen die Wege von Hof zu Hof, sie dienten tatsächlich den Menschen, und wenn man auf einem solchen Weg ging – sofern man bei Id-Maris Grundstück noch von einem Weg sprechen konnte –, sagte man Guten Tag und ein paar Worte dazu, um die Kunst des Sprechens nicht zu verlernen.

»Nichts Besonderes, immer dasselbe«, sagte der Mann.

»Und? Was gefangen?«, fragte Id-Mari, als er zurückkam. Sie putzte sich gerade auf der Treppe die Zähne, zweimal war eine Fledermaus vorbeigehuscht, die schweigsamste Fliegerin auf dieser Welt. Als der Mann stehen blieb, hörte man, wie sich die Krebse im Korb aneinander rieben.

»Zwanzig Stück bloß, vielleicht ein paar mehr. Früher gab es die hier in Riesenmengen.«

Sie kamen nicht einmal so weit, einander richtig ins Gesicht zu sehen, aber eine Woche lang wechselten sie jeden Abend, wenn sie sich in der Dämmerung begegneten, ein paar Worte, wie alte Bekannte, die sich über die großen Dinge bereits ausgetauscht haben.

Als der Mann eines Abends nicht mehr auftauchte, vermisste Id-Mari ihn einen Moment lang leidenschaftlich. Warum habe ich ihn nicht hereingebeten, ihn nicht aufgefordert, sich zu setzen, warum habe ich keine Kerze angesteckt und geschaut, was er für einer ist? Warum ihn nicht in meine Hütte hier mitten im Wald entführt und ein paar Tage außerhalb der gesetzlichen Grenzen festgehalten, ihn in die Arme geschlossen, so dass er den ganzen Winter über geträumt hätte, er liege im Wald, neben einer Zauberin, und nur auf den Sommer gewartet hätte, auf die Krebszeit, so dass er in dieser Hoffnung gelebt hätte, neben seiner mürrischen Frau mit Lockenwicklern auf dem Kopf und inmitten der verschnupften, um Hefezopf und Würste quengelnden Kinder … Wenn er doch nur nicht jeden Abend sogar an der frischen Luft nach Krebsködern gerochen hätte!

Und sie träumte davon, wie sie durchs Mädesüß liefen, wie der Mann sie einholte und inmitten der blühenden Pflanzen zu Fall brachte, wie er sich hastig unter der Regenjacke entblößte, seine Nacktheit an sie presste und wie die abgeknickten Mädesüßhalme sich in sie hineindrückten, dass sie aufschrie und von ihrem eigenen Schrei erwachte … Draußen war es unnatürlich klar, der Himmel stand bis weit ins Weltall offen, endlos, aufgerissen bis zur Grenzenlosigkeit. Der Mond schien beinahe rund und hatte deutlich erkennbare Muster auf dem Gesicht, die Kälte machte den aus dem See aufsteigenden Dunst zur weißen Wolke, ein gewundener Nebelstreif war über dem Bach erstarrt und bildete dessen Schleifen nach, mitten auf der schlammigen Straße unterhalb des Hügels glänzte eine Pfütze; alles schien möglich.

Während sie wach dalag, überlegte sie, wie eine Schriftstellerin die Situation beschrieben hätte, eine Humoristin oder eine, die das einfache Volk schilderte, eine, deren Stil zu dieser Landschaft und ihrer Stimmung passte. Vielleicht würde sie sagen:

Wenn man ehrlich war, kam durchaus eine gewisse Sehnsucht nach einem männlichen Wesen auf.

Oder:

Was die Männer betraf, so beschlich sie in der Tat gelegentlich das Bewusstsein, dass es auch ein anderes Geschlecht gab. Immer wieder warf sie im Lauf des Tages einen Blick auf die Landstraße und stellte sich ein Wesen in Hosen vor, das hinter einem Holzstoß auftauchte und den Hügel herabstiefelte, an der Flanke des behördlich geschändeten Waldes entlang, während sie sich beeilte, Feuer im Herd zu machen, Kaffee in den Kessel abzumessen, und innerlich um Entschuldigung bat, weil sie kein Gebäck im Haus hatte.

Oder sie würde das Ganze womöglich in Briefform bringen, an einen sehnsuchtsvollen, eifersüchtigen Geliebten:

Einmal sah ich einen Mann von hinten. Der Schlingel ging auch noch ohne Hemd, sein rotbrauner Rücken glänzte in der Sonne vor Schweiß, und die Motorsäge und die Kanne mit der Buttermilch schlugen gegen Steine und Stümpfe, so dass der ganze Wald ertönte. Ich dachte: Wärst nur du es und auf dem Weg hierher.

Oder an eine Freundin:

Und weil ich zu der Generation gehöre, der man die gesamte Kindheit hindurch mit Männern Angst gemacht hat, mit schwarzen Kerlen und Rüpeln, die sich unterm Bett verstecken, sehe ich jeden Abend vorm Schlafengehen sicherheitshalber unterm Bett, in den Schränken und unter der Treppe zur Dachkammer nach, aber leider ist dort nie einer. Und manchmal schrecke ich an der Grenze zum Schlaf hoch, weil jemand an die Tür hämmert, sie schließlich eintritt, ins Haus gepoltert kommt, mich packt und sagt: Verdammt noch mal, dich hat man vielleicht lange suchen müssen!

Wer könnte das nur sein?

Sie dachte kurz an die Männer, die sie gekannt hatte, die sie geliebt hatte, die ihr gerade einfielen; die Erinnerungen wurden von neuen Erinnerungen überlagert, der Schmerz von Schmerz, die Trauer von neuer Trauer, die Sehnsucht von Sehnsucht …

… bis man eines Tages feststellt, dass man das alles sehr gut aushalten kann. So gut, dass es mit einem Mal seine Bedeutung verliert und versiegt.

Und aus der Einsamkeit, vor der man Angst gehabt und unter der man gelitten hat, wird ein natürlicher Zustand, wie Luft, in der man rund und ohne erdrückt zu werden seine wirklichen Ausmaße wahrt, bereit, alles anzunehmen.

War sie schon so weit? Oder kamen diese Gedanken und dieses Gefühl von dem anderen Leben, von der Natur, mit der sie hier in pausenloser Vereinigung lebte, jede Sekunde genießend, staunend, die Kiemen und Fühler bewegend, mit der Umgebung verschmelzend, ohne Umrisse, mal in dieser, mal in jener Gestalt?

Bis in den Schlaf hinein hörte sie die Holzwürmer die Bettpfosten aushöhlen, dass es nur so krachte; sie hatte beschlossen, auch mit ihnen in Eintracht zu leben und sich in keiner Weise an ihnen zu vergreifen. Zumal es sich um individuelle Würmer handelte; sie kannte sie persönlich, jeder verfügte über eine eigene Stimme und eigene Lebensgewohnheiten. Ihr Bett wurde von dem hysterischen und zerstreuten Kleinen Säger bewohnt, der sich immer dann an die Arbeit machte, wenn sie gerade am Einschlafen war … und mühsam mit ihren langen

Gliedmaßen durchs Gras watete, um in jeder Behausung mit Blechdach am Ufer des Sees mitzuteilen, man dürfe keine synthetischen Waschmittel verwenden. Sie hielt eine lange Unterschriftenliste in der Hand, wie eine Kranzschleife, und immer mehr Behausungen schossen aus dem Boden … da erwachte der Kleine Säger, bekam einen gewaltigen Tüchtigkeitsschub und sägte am Bettpfosten, hürr-hürr, hürr-hürr, hürr-hürr, geradeso als plagte ihn nach der Faulenzerei am helllichten Tag das schlechte Gewissen. In den anderen Betten wohnten gleichmäßig verlässliche Schabetiere, fleißige Nager, die sich ins Holz bohrten wie in Fels, grr-grr-grr, oder in regelmäßigen Abfolgen banal und verdrossen vor sich hin tackerten.

Eines Tages würden die Betten zusammenbrechen. Schon jetzt trugen sie nur einen einzelnen, dünnen, ruhig schlafenden Menschen, der sich nur selten umdrehte. Sex würden sie nicht mehr aushalten. Was schwach ist, hält der Liebe nicht stand.

Da tauchte eines Tages ihr Kollege Kyösti Mäkinen im kurzärmeligen Hemd und fast bis zur Unkenntlichkeit gebräunt hinter einem Holzstoß auf, genauso wie in Id-Maris sämtlichen sommerlichen Phantasien die Männer in diese Landschaft eingetreten waren, und ging, den schlammigen Senken ausweichend und die Samenbäume betrachtend, den behördlich geschändeten Hang hinunter.

»Willkommen«, sagte Id-Mari.

Dann, als Kyösti seine Beine auf dem Gartenstuhl ausgestreckt und festgestellt hatte, dass der Stuhl ihn trug, als er Hu, was für eine Hitze! gesagt hatte und dass es nicht leicht gewesen sei herzufinden, trotz Id-Maris Beschreibung, in zwei

Häusern habe er fragen müssen und in beiden habe man ihm gesagt, ungefähr in die Richtung, da hinten im Wald solle eine verrückte Frau hausen, auch wenn noch niemand sie zu Gesicht bekommen habe, weil man sich nicht getraut habe, hinzugehen und nachzuschauen, was das für ein Wesen sein mochte … dann also fragte Id-Mari:

»Bist du allein hier?«

»Ja, allein«, sagte Kyösti, nahm die Brille ab, um nachzusehen, was für ein Schmutz gegen das Glas geflogen war, und wirkte für einen Moment fremd. Dann setzte er die Brille wieder auf und sagte:

»Schön ist es hier, aber hast du keine Angst, so ganz allein?«

Id-Mari starrte ihn an wie einen Ausländer, und erst jetzt fing sie allmählich an, sich über den unglaublichen Umstand zu wundern, dass dieser Mensch tatsächlich hier saß, ein echter Gast, der Kurven und Hügel und Schlammlöcher überwunden hatte.

»Kein bisschen«, sagte sie, ohne sich daran zu erinnern, dass sie nach all ihren Phantasien sowie nach den Regeln der Gastfreundschaft schleunigst hätte Kaffee kochen müssen, sobald der Besucher in Sichtweite gekommen war. So sehr hatte sie sich schon von den Bräuchen der Welt entfernt. »Ich habe aufgehört, an Männer und Gespenster zu glauben. Die sind es nämlich, vor denen man sich fürchtet, wenn man Angst hat.«

Kyösti lachte, und ein kleiner Marienkäfer, der männliches Lachen in dieser Landschaft nicht gewöhnt war, wechselte erschrocken vom Flieder in den Apfelbaum und brachte eine unreife Frucht zum Herabfallen. Aber auch er mochte nicht gänzlich verschwinden, sondern beobachtete mit seitlich geneigtem

Kopf das männliche Geschöpf, das sich da mitten im Hof hingefläzt hatte. Id-Mari saß auf dem Rand ihres Stuhls, sicher, der Mann würde sich in Luft auflösen, sobald sie auch nur kurz den Blick abwandte. Am liebsten hätte sie das Phänomen mit den Fingern betastet, um sich am Abend selbst davon erzählen zu können, um sich zu vergewissern, dass es echt war.

»Wie hast du … wie hast du dich hierher verirrt?«, fragte sie. Und sieh an, die eigene Stimme klang völlig anders, wenn sie sich an einen anderen Menschen richtete. Obwohl sie beim Aufwachen immer Guten Morgen, Morgen sagte und beim Hinlegen Gute Nacht, Abend und die Wetterlagen duzte: Du bist aber schön, du Schlingel, oder: Heute gibst du dich aber garstig, Kerl.

Kyösti kratzte sich an den Armen. Die Haut löste sich in großen Fetzen.

»Na ja, wir machen diesen Sommer sozusagen jeder für sich Urlaub … in unserer Familie. Ich bin hier vorbeigefahren und hab mich erinnert, dass du hier irgendwo … du hast das damals mal beschrieben. Ich hab sogar ein bisschen Bier im Auto, aber das steht dort, wo der Forstweg abgeht. Ich dachte, ich suche mir zuerst ein Mädchen und hole dann das Bier.«

Id-Mari schreckte hoch: »Du meine Güte, du hast bestimmt Durst!«

Sie sprang auf, ging auf die Treppe zu, nein, zum Brunnen … blieb stehen und breitete die Arme aus: »Meine Güte, ich bin ganz durcheinander, wenn ich einen Menschen sehe. Soll ich Wasser von der Quelle holen? Das ist aber ein Stück zu gehen. Oder trinkst du Kaffee? Das stinkende Wasser aus unserem Brunnen macht den besten Kaffee.«

»Dann koch Kaffee«, sagte Kyösti. »Ich geh das Bier holen.«

»Und ich muss zur Quelle gehen.«

»Wir können zusammen zur Quelle gehen.«

»Gehen wir zusammen. Und ich koche dann Kaffee und heize die Sauna.«

»Ich heize die Sauna. Das kann ich übernehmen.«

Id-Mari wandte sich plötzlich ab, warum wollten ihr die Tränen kommen, man wird verschroben im Wald, waldhüttenverschroben. Mein Gott, du kannst mich nicht so überraschen, das ist nicht fair, Kyösti Mäkinen ist ein fremder Mensch für mich; so ein angenehmer Mensch soll einer wie mir zustehen?

»Komm in die gute Stube«, sagte sie und ging voran, damit Kyösti ihr Gesicht nicht sah. Sie brauchte ein paar Sekunden, um die Augen wieder trocken zu bekommen.

Und als Kyösti die Wohnküche betrat, die in keiner Weise dafür vorbereitet war, Besuch zu empfangen, in der Besucher gar nicht erwünscht waren, wo alles nur für Id-Mari da war und so, wie sie es ihrer derzeitigen sonderbaren Gemütsverfassung gemäß haben wollte, fühlte sie sich plötzlich schüchtern, fast peinlich berührt. Sie verspürte das Bedürfnis, etwas zu erklären, sich zu verteidigen, ich habe ein Recht auf das hier, ansonsten werde ich verrückt, ohne Ruhe komme ich nicht aus, ich muss auch mal raus aus dieser Anspannung, die das Leben für mich bedeutet …

Aber über solche Dinge hatten sie und Kyösti nie geredet, sie waren nur gute Bekannte, sahen sich in der Kaffeepause und bei Besprechungen, und Kyösti entwarf das gleiche Testmaterial für den Unterricht wie sie, darüber könnten sie sich auch jetzt austauschen … und sie brachte nichts heraus.

Kyösti sah sich in der Wohnküche um. Er stellte fest, dass die Deckenbalken so gemacht waren, wie es in Bauernhäusern dieser Gegend üblich war, er sah sich die Dreschflegel an der Wand an, die sie in der Darre gefunden hatte, bis vor nicht allzu langer Zeit noch in Gebrauch, dort, wohin die Maschinen nicht vorgedrungen waren. Dann wippte er billigend auf den Fersen.

»Ja … das ist … ja, ja … also … doch … ja.«

Id-Mari hatte das Gefühl, als blickte ihr Kyösti unvermittelt in die Seele, dorthin, wo sie glücklich war, insgeheim, ohne dass jemand es wusste; dieser Mensch fühlte sich hier wohl … Sie hatte auch das Gefühl, als sagte diese Wohnküche alles über sie. Sie fühlte sich etwas hilflos, fast schuldig; das schlechte Gewissen eines Wohlstandsmenschen und der schreckliche Widerspruch, der entstand, sobald man versuchte, diesen Frieden hier, diese beinahe unwirkliche Idylle, mit dem Eigentlichen und Realen zu vergleichen, sobald man dies alles überhaupt zu irgendetwas in Relation setzte. Davor hatte sie sich die ganze Zeit in ihrem stillen Inneren gefürchtet, auch dann, wenn sie sich vorgestellt hatte, es käme jemand: Sie hatte befürchtet, es würde wirklich jemand kommen und diesen Frieden stören, und sie müsste ihn irgendwie rechtfertigen, dabei gab es keine andere Rechtfertigung als ihr Bedürfnis nach Ruhe, als ihre Verrücktheit und ihre Müdigkeit.

Aber sie hatte mit Kyösti nie über solche Dinge gesprochen und wusste daher nicht, was Kyösti dachte. War es denn richtig, all das für selbstverständlich zu halten? Was war richtig?

»Komm mit mir in die Sauna«, sagte Kyösti. »In der Sauna bin ich total schlapp, da ist mit mir nichts anzufangen.«

»Dann komme ich nicht mit«, sagte Id-Mari.

Das war ein Spiel. Sie hatten Kaffee getrunken, es hatte Hörnchen dazu gegeben und Knäckebrot. Kyösti hatte das Bier geholt, die ersten Flaschen hatten sie warm getrunken, der Schaum war ihnen über die Hände gelaufen, und Id-Mari hatte etwas davon auf den Hals und auf die Bluse bekommen. Bisweilen verbrachte sie hier viele bierlose Tage am Stück, denn mit dem Fahrrad konnte man keine übermäßigen Lasten transportieren, vor allem weil das letzte Stück der Strecke so schlecht war. Die letzten Flaschen kühlten in der Kartoffelgrube ab, während die Sauna warm wurde. Die Grillen antworteten einander über den Hof hinweg, der Wind spielte auf dem Mundstück einer leeren Flasche.

»Ich finde es immer wieder erstaunlich, wenn ich Rauch aus dem Schornstein aufsteigen sehe«, sagte Id-Mari. »Jedes Mal bin ich stolz, dass ich dieses Phänomen in dieser Umgebung zustande bringe. Manchmal ist es so windstill, dass es die einzige Bewegung ist, die man sieht, und wenn er gerade aufsteigt, ist das wie das Zeichen eines ehrwürdigen Menschen.«

»Das Wasser ist wirklich gut«, sagte Kyösti nach wer weiß wie vielen Gläsern. Sie waren auch an der Quelle gewesen.

»Gutes Wasser bedeutet etwas, es hat immer viel bedeutet, bald wird es Leben oder Tod bedeuten.«

»Ich glaube, ich muss mal Holz nachlegen«, sagte Kyösti. »Die Sauna dürfte allmählich so weit sein.«

»Morgen zeige ich dir eine Stelle, wo mal ein altes Haus gestanden hat. Dieser Wald ist voller Ruinen. Weißt du, dass hier in aller Stille das genaue Gegenteil von dem passiert, was anderswo stattfindet? Die Natur erobert sich ganze Areale vom

Menschen zurück. Ich freue mich darüber, ich freue mich darüber so …«

Kyösti ergriff ihre Hände.

»Wenn du dich freust, darfst du nicht die Fäuste ballen.«

Id-Mari lachte. Tatsächlich, sie ballte die Fäuste, und zwar fest.

»Andererseits tun mir auch die Menschen leid. Sieh dir nur diese steinigen Hügel an! Und die ganzen Steinhaufen und Mauern. Stell dir vor, wie viel Arbeit nötig war, bis man für ein paar Felder Wald gerodet hatte. Schon das Roden für einen kleinen Hof war ein Lebenswerk. Und jetzt wächst alles wieder zu.«

Kyösti ging zum Stall, öffnete die Tür und spähte hinein. Es roch noch immer darin, Mist auf dem Boden, Heu in den Verschlägen, in der Ecke ein Hühnernest und ein Pferch für Schafe.

Kyösti sah sich alles an, zuletzt die Wände, die aus gewaltigen Natursteinen zusammengesetzt waren, mit Zement dazwischen, die müden, hastigen Kellenspuren des Maurers im Zement erstarrt, das Ganze hatte fertig werden müssen und zwar fix, derjenige, der die Steine gewälzt hatte, hatte keine Lust mehr gehabt, den Mörtel glattzustreichen. Männer haben die Fähigkeit, alles fachmännisch und vielsagend zu betrachten, ohne ein Wort zu sagen. Kyösti war der Erste, der ihren Stall mit Interesse begutachtete, sie hatte ihn nicht einmal selbst sonderlich genau in Augenschein genommen, jetzt erhielt er auch in ihren Augen einen Wert. Dieser Geruch – auch den bekam man nur geschenkt.

»Du hast da eine gute Jauchegrube und einen Mordsdunghaufen hinter dem Stall«, rief Kyösti auf dem Weg zur Sauna.

Id-Mari hob die Brust und strich sich über den Bauch. Sie empfand Besitzerfreude.

In der Sauna fing Kyösti an zu erzählen.

Im Frühling war bei ihm alles endgültig in die Binsen gegangen. Nach dem letzten Schultag war seine Frau mit den Kindern zu ihren Eltern gefahren, die Scheidung war eingereicht. Er fühlte sich völlig am Ende. Das ganze Frühjahr war eine einzige Hölle gewesen. Wie sich alles verfilzen kann. Bis einigermaßen angenehme Menschen nicht mehr miteinander auskommen, beides anständige, normale Menschen, Marjukka war überhaupt nicht schrecklich, er selbst auch nicht, den Schuh wollte er sich nicht anziehen. Er vermisste die Kinder, verdammt noch mal …

Kyösti warf eine Kelle Wasser auf den Saunaofen. Das Fluchen passte nicht zu ihm, aber auch das musste ausprobiert werden.

»Der Mensch ist bereit, für sie alles auf den Kopf zu stellen, wenn es darauf ankommt; wenn es etwas nützen würde, würde ich keinen Stein auf dem anderen lassen …«

Er senkte den Kopf, vielleicht wegen des Aufgusses, vielleicht vor Schmerz.

»So etwas nützt nichts«, sagte Id-Mari leise. Sie kauerte sich auf der unteren Pritsche zusammen. Mein Gott, solche Aufgüsse kann man in dieser Sauna zustande bringen, das ist was anderes als meine einsamen Pritscheleien …

»Darum bin ich hier«, sagte Kyösti, »ich muss mit jemandem reden, und du hast das alles durchgemacht … Sag mir, wann in dieser Hölle die Erleichterung kommt, wie schnell erholt man sich davon? Wenn man es weiß, hält man es besser aus.«

Er ächzte in dem heißen Dampf, als würde er weinen, die Schultern gekrümmt, mit hängendem Kopf. Vor dem beschlagenen Fenster setzte die Dämmerung ein, am Ufer leuchtete das Mädesüß wie eine Wolke, die auf die Erde gefallen war.

Id-Mari presste die Finger auf die Lippen, damit kein Laut herausdrang, zum Glück störte es in der Sauna nicht, wenn einem Tränen über die Wangen liefen. Sie schluckte, um sprechen zu können.

»Fünf Jahre.«

»Fünf! Verdammt ...«

»Bei mir hat es so lange gedauert. Aber ich bin auch allein zurückgeblieben und hatte die Sorge um die Kinder; die Kinder – das sind lebendige Dokumente, man selbst könnte vergessen, sich erholen, ein neues Leben anfangen, aber wegen der Kinder muss man Kontakt halten, weiter an der Vergangenheit hängen, wegen der Kinder muss man versuchen, Kontinuität zu wahren, Leute, die Kinder haben, kommen nie ganz voneinander los, nie ...«

Erschrocken hielt sich Id-Mari die Hand vor den Mund; was hatte sie da gerade gesagt, zu Kyösti, der ganz andere Worte bräuchte, der eigens gekommen war, um sie zu hören, aufmunternde Worte, nicht solche wie diese. Aber da nun nichts mehr zu ändern war, legte sie den Kopf auf die Knie und weinte, in der Hoffnung, Kyösti würde es nicht hören, aber das spielte nun auch keine Rolle mehr, womöglich weinte er selbst.

Und aus dem Nebel stieg die Erinnerung auf, als hauchte der See den vertrauten Mustern der Vergangenheit Leben ein, als wäre das, was jetzt geschah, in einer früher erlebten Form erstarrt. So hatte sie schon einmal in der Sauna gesessen, zusammengekauert auf der unteren Pritsche, mit Schmerz im Herzen. Sie war eigens nach Hause gefahren, um es zu erzählen, und die Sauna war geheizt worden, bevor geredet wurde. Und obwohl sie schon ein großes Mädchen war, so groß, dass ihre Traurigkeit die Ausmaße der Traurigkeit einer Erwachsenen hatte, war sie mit ihrem Vater in die Sauna gegangen, der Vater hatte im Dunkeln auf der oberen Pritsche gesessen und sie unten neben dem Zuber, und sie hatte gesagt: Papa, weißt du, warum ich gekommen bin? Ich erwarte ein Kind. Ihr Vater hatte lange geschwiegen und dann gesagt: Und wenn schon, es sind schon mehr Kinder auf die Welt gekommen. Sie war fast ohnmächtig geworden vor Anspannung und Müdigkeit, und ihr Vater hatte sie in ein Handtuch gewickelt und ins Haus getragen wie ein kleines Kind.

Nun kehrte sie wieder in diese Sauna zurück; die Erinnerung wird immer von neuen Erinnerungen überlagert, der Schmerz von neuem Schmerz …

»Aber Männer heiraten doch wieder, Männer bleiben nicht allein«, sagte sie kindisch, wobei sie sehr wohl merkte, wie naiv es klang, und obwohl sie sich erinnerte, wie entsprechende Tröstungen sie selbst zerrissen hatten.

»Statistisch ist das so«, sagte sie, »Männer gehen normalerweise eine neue Ehe ein, Frauen bleiben überwiegend allein. Und die Einsamkeit ist schlimmer als die Trennung, die Krisenphase fast noch das Leichteste, denn da ist man aktiv, es passiert etwas, man stellt sich vor, dass Erleichterung eintritt, dass es besser wird, aber dann kommt die Einsamkeit … Bis man sich daran gewöhnt. Jedenfalls einigermaßen. Ich kann dich nicht trösten und dir keine Ratschläge geben«, sagte sie, legte den Kopf in die Hände und weinte unverhohlen.

Plötzlich begriff sie ganz deutlich, dass sie nicht ihrer selbst wegen, sondern wegen Kyösti weinte, sie weinte wegen des Schmerzes, den sie so gut kannte und bei dem einem niemand helfen konnte. Nur zuhören konnte man.

Am liebsten hätte sie zu Kyösti gesagt: Eine Scheidung ist etwas so Schreckliches, dass man alles tun sollte, wirklich alles, um sie zu verhindern. Man sollte alle möglichen Lösungen ausprobieren ... Scheidung ist keine Lösung, die Schwierigkeiten, die man kennt, werden bloß durch unbekannte Schwierigkeiten ersetzt.

Aber das war ihre persönliche Auffassung, das konnte man nicht verallgemeinern, jeder Fall war anders, auch sie hätte nicht anders handeln können. Außerdem ändert sich die Einstellung der Leute ständig, in Zukunft wird man diese Dinge vielleicht vollkommen anders sehen, auf uns lasten unsere Erziehung und der Druck der Umgebung. Und wer weiß: Womöglich war der Schmerz ja eine Folge der Ehe und nicht der Scheidung.

Vielleicht sollten sie über all das morgen reden, vielleicht würden sie es aushalten, sich darüber zu unterhalten ...

»Soll ich dir den Rücken waschen?«, fragte sie.

»Na ja, kannst du machen, der juckt fürchterlich, weil sich die Haut pellt. Ich war nämlich zum Heumachen bei meinem Bruder.«

Id-Mari seifte die Bürste ein und kletterte im Dunkeln auf die oberste Pritsche, tastete nach Kyösti und fing an, ihm den Rücken zu bürsten.

Seit Jahren hatte sie keinem Mann mehr den Rücken gewaschen, auch für die Söhne kam sie dafür nicht mehr infrage. Seltsam, wie auch diesem Vorgang die Romantik abhandengekommen war, sie kam sich vor wie eine alte, gewissenhafte Badewärterin, die sich bemühte, ihre Arbeit gut zu machen, dem Menschen einen menschlichen Dienst zu erweisen. Dazu sind wir immerhin fähig, wenigstens dazu.

»Schon gut«, sagte Id-Mari. »Mach dir keine Sorgen, entspann dich, quäl dich nicht.«

»Darf ich wenigstens bei dir schlafen?«, fragte Kyösti vollkommen erschöpft, mit hängendem Kopf und einer Bierflasche in der Hand.

»Das halten die Betten nicht aus, die Holzwürmer haben die Pfosten ausgehöhlt, und in den Bodenritzen gibt es Käfer«, sagte Id-Mari unglücklich. Zum ersten Mal hasste sie diese Würmer; ich werde sie verbrennen, dachte sie, und das ist noch ein zu vornehmer Tod für diese Nager.

»Auch das noch.«

Mein Gott, dachte Id-Mari, als sie unter den ersten Sternen von der Sauna zum Ufer liefen und sich in den See stürzten, von dessen Oberfläche Nebelkringel zum klaren Himmel aufstiegen wie eine Prozession von Geistern. Wenn du den Menschen schon als Mann und Frau geschaffen hast, warum hast du ihr Verhältnis dann nur so kompliziert gestaltet, oder was ist da schiefgegangen? Sie ermüdete und kämpfte gegen ihre Enttäuschung, legte sich mit den Sternen an: Ich bin auch bloß ein Mensch.

Der Himmel war noch immer hell, die Erde wurde dunkel, die Farben vergingen, und nur die hellen Blumen, das Leinkraut und die Schafgarben leuchteten im Dämmerlicht.

Kleine weiße Schmetterlinge, Nachtflimmler, wie Id-Mari sie nannte, hatten das ganze Grundstück erobert, auch die Fliederbüsche schäumten von ihnen über, und bei jedem Schritt stoben weitere auf. Die Treppe war voll weißer Schwärme, die beiden Menschen wussten nicht, wo sie hintreten sollten.

»Schau, Schmetterlingshochzeit«, sagte Id-Mari, »wir kommen zu einer Schmetterlingshochzeit.«

Als sie die erste Stufe nahmen, flogen die Schmetterlinge auf und umgaben sie als dichte Wolke, prallten weich gegen ihre Gesichter, auf Mund und Augen. Nachdem sie hindurchgegangen und zur Tür hineingelangt waren, sahen sie zu, wie die Falter sich wieder niederließen und innerhalb kürzester Zeit die oberste Stufe bedeckten.

»Eine Fledermaus«, sagte Id-Mari. »Hast du gesehen?«

»Ja. An Dramatik fehlt es hier nicht.«

Vor dem Schlafengehen schoben sie das alte zehnbändige *Lexikon der Erde* gestapelt als zusätzlichen Pfosten unter Id-Maris Bett; seit dem Erscheinen der Buchreihe hatten sich die Verhältnisse auf der Erde so stark verändert, dass die Bände lange keine Verwendung mehr gefunden hatten. Zu diesem Zweck waren sie noch zu gebrauchen. Sie wurden sogar dringend gebraucht. Und sie trugen gut.

Der Kleine Säger wurde durch die Maßnahme endgültig gestört, er verlor die Kontrolle über seine Nerven und sägte in langen Folgen beinahe die ganze Nacht hindurch wie wild.

In den frühen Morgenstunden, als auch er bereits erschöpft war, wurden sie beide wach, weil sie fürchterlichen Durst hatten, und gingen in die Wohnküche, um Wasser zu trinken. In dem einen Fenster brach der Tag an, im anderen schien der Mond. Der Nebel hatte sich zwischen den Seen ausgebreitet und hüllte die halbe Landschaft ein, als hätte ein Künstler plötzlich die Nase voll von ihr gehabt und angefangen, sie von der Leinwand zu löschen, im letzten Moment jedoch Mitleid mit den gelungenen Bäumen im Vordergrund gehabt und sich hingesetzt, um zu überlegen, wie sie noch zu retten wären.

»Ich bin hier den Blumen und den Witterungen meiner Kindheit begegnet«, sagte Id-Mari, als sie sich die alte Hausstelle im Wald anschauen gingen.

Sie lag knapp einen Kilometer entfernt, am anderen Ufer des Baches, der vom größeren See abging, auf einem hohen Hügel, an einer alten Rodung. Unten im Bach gab es Überreste eines Staudamms, dort gelangten sie auf die andere Seite, wateten durch eine Zone mit Farn, der bis zu den Achseln reichte, und stiegen den Hang hinauf. Auf dem vermoosten Steinsockel wuchsen Himbeeren und überreife, schwärzliche Walderdbeeren, an den Erlenästen rankte riesiger Hopfen, eine der Ruinen stand voller Brennnesseln, zwischen denen die Zaunwinde große, weiße Blüten trieb, unten glänzte ein eingestürzter Brunnen im Geröll.

»Du glaubst gar nicht, wie sehr ich mich darüber freue«, sagte Id-Mari und schaute auf ihre Hände, sie waren geöffnet, die Finger von der Hitze geschwollen. »Der Wald ist voll von solchen Orten, manche sind noch mehr verwildert als dieser hier, allein ich kenne drei davon. In einem hat eine blinde Oma bis zu ihrem Tod gelebt, auf dem Dach eines anderen Häuschens sollen Fichten wachsen, dort hauste ein Mann mit grauem Bart, ein alter Schmied, der Schlangenkönig. Dieser Hof hier hieß Isaakskate, und die Mühle da unten Isaaksmühle. Das Haus, in dem ich wohne, ist die ehemalige Schwarzseekate.«

Sie ließen sich neben einer Himbeerhecke nieder und aßen im Sitzen die Früchte. Die Sonne schien ihnen direkt ins Gesicht, denn dies war ein Südhang. Hier war einmal jemand gegangen, hatte den Hang entdeckt, sich hingesetzt und im Geiste alles aufgebaut: dort das Haus, dort der Stall, dort die Sauna, dort die Felder; dann hatte er angefangen, Steine zu wälzen, seinen Traum zu verwirklichen, wer weiß, was das alles gekostet hatte; auch hier waren die Katen erst in den dreißiger Jahren zu selbstständigen Hofstellen geworden, dann war der Krieg gekommen, und nun waren sie bereits vermodert, nur noch Steine auf Steinen, die bald auch nicht mehr in der Landschaft zu erkennen sein würden.

»Hier weiß man nicht, auf welcher Seite man stehen soll«, sagte Id-Mari, blind von der Sonne und mit Himbeeren in den Händen. »Was hier Leben ist und was Tod, an diesem Ort kann ich sie nicht mehr unterscheiden. Und weiß auch nicht, was Fortschritt ist und was nicht.«

Am liebsten hätte sie Kyösti alles erzählt, was sie gedacht hatte, während sie allein hier umhergestreift war, wie sie sich die Menschen vorzustellen versucht hatte, die dem Wald diesen Ort entrissen hatten, Steine gewälzt, aufgeschichtet und verbaut hatten, im weglosen Gelände, mit großen persönlichen Anstrengungen, mit Entbehrungen, Muskelkraft. Sie waren alt geworden, krumm, blind, hatten die Jugend gehen sehen, waren selbst gestorben oder in ein düsteres kommunales Heim gezogen, wo sie auf dem Bettrand vermoderten, oder in fremde

Ecken, mit unaufhörlichem Heimweh, das tief in ihrem Inneren nagte, während das eigene Land zuwuchs, nun im Besitz der Papierfabrik, mit in monotonen Reihen gesetzten Baumschösslingen. Und wie sie andererseits an die Natur gedacht hatte, an die Erde, die Pflanzen, die Bäume, deren Tod befürchtet und prophezeit wurde, die langsam durch die allgemeine Umweltverschmutzung zugrunde gingen, über die Anreicherung von Phosphaten, Giften und Radioaktivität, den Mangel an Spurenelementen, wegen der Bodenverarmung und der Verringerung der Humusschicht, aufgrund des gestörten Kreislaufs – was für ein Sieg, was für eine Freude es war, dass die Natur heimlich, in aller Stille, fast ohne dass es jemand merkte, sich diese Orte zurückeroberte und dass diese Rückeroberung so kraftvoll geschah, so absolut wie hier. Id-Mari hätte in diesem Gestrüpp ertrinken mögen, in der Dichte von Erlen und jungen Fichten, sie hatte die Orientierung verloren, im Gehen mit den Armen ausgegriffen und war am Abend voller Zecken gewesen; die Natur war in jeder Hinsicht über sie gekommen, fast wäre sie auf frühen Steinpilzen ausgerutscht, und vor ihr war ein Auerhahn oder ein Birkhahn mit viel Geräusch im Dunkel zwischen den Fichten verschwunden. Und sie hatte eine Quelle entdeckt, unvermutet, von Nadelbäumen umstanden, ein kleines, klares Wasserauge, die Träne einer Waldfichte.

Aber das zu erzählen schien nicht mehr nötig. Kyösti musste es einfach von selbst spüren, während er hier saß, inmitten von alledem.

Sie streckten sich auf dem Hang aus, es gab nicht einmal Fliegen.

»Du sprichst viel von Gott«, sagte Kyösti. »Bist du religiös?«

»In gewisser Weise«, sagte Id-Mari. »Ich habe diesen Sommer beschlossen, an Gott zu glauben, ich bin an diesen Ort gekommen, wo sich Fuchs und Hase Gute Nacht sagen, und überlasse alles der Obhut Gottes. Den ganzen Sommer über habe ich in dieser Landschaft ›Gott, o Gott‹ geseufzt. Hier kommt mir das ebenso natürlich vor, wie auf der Erde zu liegen. Ich habe ihn mir erschaffen wie die Männer, die ich geliebt habe, keinen habe ich gekannt, nur meine Vorstellungen von ihnen.«

Kyösti legte sich auf sie, auch das kam ihr natürlich vor, als deckte die Erde sie zu, auch sie, Id-Mari.

Kyösti war salzig und heiß. Die Sonne rückte den Schatten einer Kiefer so weit vom überwucherten Saunaofen weg, dass er sie beschirmte. Im Wasserkessel des ehemaligen Ofens dröhnte ein loser Stein.

Auf dem Rückweg pflückten sie so viele Pfifferlinge, wie sie mit den Händen halten konnten.

»Endlich einmal weiß man, dass man etwas richtig macht«, sagte Id-Mari. »Pilze für zwei Milliarden verwesen jedes Jahr in den finnischen Wäldern. Habe ich im Radio gehört.«

Sie lachte und erinnerte sich plötzlich ihrer Spiegellosigkeit, zum ersten Mal im Leben hatte sie sich nicht für einen anderen Menschen schön gemacht, auch das war also eingetreten. Es überkam sie das Gefühl, zum ersten Mal so akzeptiert zu werden, wie sie war, *au naturel*.

Plötzlich trat Kyösti mehrmals nach etwas auf der Erde.

»Eine Kreuzotter, und was für eine.«

»Lass sie, tu ihr nichts, ich habe beschlossen, dass alles leben darf.«

»Sehr weit wirst du mit dem Prinzip nicht kommen. In einem Monat hast du das Haus voller Mäuse, sobald die Abende kühler werden.«

»Ich bestreiche ihre Löcher mit Nelkenöl, dann kommen sie nicht, ich habe ein Mittel für alles.«

Jetzt lachte Kyösti. Zum ersten Mal sah er fröhlich aus.

Mit den Pfifferlingen in der Hand spazierten sie an den Überresten der Korndarre vorbei zum Haus zurück.

»Vor zwei Tagen wollte ich allerdings eine Kreuzotter töten. Sie lag auf diesem Weg hier im Gras und schluckte eine Maus oder ein Vogeljunges, das konnte ich nicht erkennen, man hörte ein furchtbares Piepen, und ich sah den Rücken der Schlange. Ich rannte zum Haus, um eine Waffe zu holen, griff mir den großen Hammer und einen Spaten, und die ganze Zeit piepte es, aber als ich zurückkam, hatte es aufgehört, und die Kreuzotter war weg.«

»Da siehst du es. Und so schwere Bewaffnung wäre gar nicht nötig gewesen.«

»Aber ich meine, wer bin denn ich, dass ich nach meinen Vorlieben ein Urteil fälle. Die Kreuzotter hatte vielleicht Hunger, womöglich hatte sie schon tagelang gelauert und auf ihre Art gejagt. Und wenn es eine Maus war, was sie gefangen hatte, hättest du die auch nicht gerettet.«

»Du Moralistin.«

»Im Gegenteil.«

Als sie aufs Grundstück kamen, sahen sie zwei Männer am Ufer entlanggehen. Ein Mensch war hier eine so seltene Erscheinung, dass man immer stehen blieb und hinschaute, geradezu zusammenzuckte.

»Das ist Kokkala, einer von denen heißt Kokkala«, sagte Id-Mari. »Die Schlange war ein Vorzeichen für ihn. Richtiges Schlangenwetter heute.«

»Wer ist Kokkala?«

»Ein Makler, der Teufel dieses Ortes, der einzige Mensch hier, zu dem ich ein schlechtes Verhältnis habe. Er wird sich dafür an mir rächen, indem er so lange Grundstücke verkauft, bis das ganze Ufer zugebaut ist.

»Die Seen sind so klein, da baut keiner mehr.«

»Du sagst das Gleiche, was alle sagen, aber ich habe ständig Albträume davon. Und als er zuletzt anrief, sagte er, schaun wir mal, Sie werden sich noch umgucken, gnädige Frau ...«

»Was hast du mit dem denn noch zu tun?«

»Ich war gezwungen, ihn um Unterlagen anzubetteln, die für die Grundbucheintragung nötig waren. Den Eintrag gibt es immer noch nicht, obwohl sich der Haupthof schon wer weiß wie viele Jahre in seinem Besitz befindet. Er meinte nur, das sei das Günstigste für alle, er mache das mit vielen ehemaligen Bauernhöfen so. Und ich verstehe von diesen Dingen nichts und werde ganz krank vom Papierkrieg ... Und als ich ihm sagte, ich wolle die Angelegenheit in Ordnung bringen, rief mich seine Frau an und machte mich zur Schnecke, und Kokkala selbst rief auch an und sagte, es wär kein Wunder, dass einer wie mir die Männer davonlaufen ... Ich wurde wütend, knallte den Hörer auf die Gabel und heulte. Dass man gezwungen ist, sich mit solchen Leuten abzugeben. Im Dorf wird alles Mögliche über ihn geredet, angeblich setzt er Kaufverträge mit viel Deutungsspielraum auf, versetzt Grundstücksgrenzen, vertuscht Belastungen, schickt falsche Käufer auf die Höfe und streicht das

Maklerhonorar ein. Im Moment ist er angeblich gerade dabei, zu einem Spottpreis Siedlungsgrundstücke zu kaufen, mit denen es Schwierigkeiten gibt; er zahlt die Schulden ab, teilt die Grundstücke in handtuchgroße Flecken und verkauft sie mit großem Gewinn weiter. Er hat gute Beziehungen zum Amtmann, darum läuft alles legal und unter dem Deckmantel des Rechts. Aber sie haben eine fürchterliche Geldbuße bekommen, weil sie wegen mir die Grundbucheinträge von vielen Jahren nachholen mussten, und er hat gedroht, sich dafür an mir zu rächen …«

All das sprudelte aus ihr heraus, während sie die Pfifferlinge putzte, guter Gott, in nächster Nähe lauerten diese Gemütsvergifter und Gedankenhäcksler, man musste nur ein bisschen schütteln, und schon hatte man den Kopf voller Sorgen wie Läuse.

»Du hast die Sorgen einer Grundbesitzerin«, sagte Kyösti.

»Wenn ich könnte, würde ich einen Artikel darüber schreiben, für die Zeitung, wie da mit den Ufergrundstücken jongliert wird, durch was für Hände sie gehen, dass es keine Kontrolle gibt, nur Habgier. Aber ich kenne mich mit diesen Dingen nicht aus, ich beherrsche sie nicht, ich bin nur rein zufällig fast zum Opfer geworden. Manchen ergeht es viel schlimmer. Außerdem habe ich keine Zeit für so etwas, es würde mir den Schlaf rauben, und am Ende mit Sicherheit das Leben. Und den Hügel hat die Gemeinde dann auch noch zerhackt.«

»Ich hab mich schon gefragt, wieso der so grässlich aussieht. Ich dachte, du bist in deiner Einsamkeit hier ausgeflippt und hast alles plattgemacht.«

»Ich hätte ausflippen können, und zwar wegen des Kahlschlags. Du hättest sehen sollen, wie überheblich der Gemeindevorsteher war. Er hat mich vor der Tür stehenlassen wie eine Bettlerin. Wenn eine Frau so eine Angelegenheit klären will, wird sie nicht ernst genommen, sondern es wird nur geguckt, ob sie schöne Augen hat. Falls ja, wird vielleicht ein bisschen geflirtet, aber wenn sie solche rot geränderten hat wie ich, dann passiert gar nichts, dann hat bloß irgendein Weibsstück mal wieder den Mund aufgerissen …«

»Na, na«, sagte Kyösti.

Id-Mari wischte sich die Haare aus der Stirn. Sie rutschten unter dem Tuch hervor, nach der Sauna waren sie glatt. Die Pfifferlinge zischelten bereits im eigenen Saft in der Pfanne, Waldgeruch erfüllte die Wohnküche, das beruhigte.

»Nein«, sagte sie. »Wie sagt der Prophet Jesaja, oder war es Paulus: Du kannst nicht verhindern, dass der Sorgenvogel über deinen Kopf hinwegfliegt, aber du kannst verhindern, dass er auf deinem Kopf ein Nest baut …«

»Gut, dass dir die Bibelzitate nicht ausgehen.«

»Tja, die sind für mich Sicherheit und Stütze, und es gibt tatsächlich welche für jede Situation, mögen die Herren reden, was sie wollen, die Pharisäer und Schriftgelehrten, draußen warten trotzdem die Hunde, die Zauberer und die Unzüchtigen. Sogar die armen Zauberer haben endlich Gesellschaft …«

Nach dem Essen wurde Kyösti unruhig, man sah, dass ihn bald nichts mehr halten würde. Flüchtig kam Id-Mari ein altes ehefrauliches Gefühl an, solche Dinge hat man zu erkennen gelernt, man spürte sie schnell. Kyösti rauchte und ging auf und ab, blickte aus dem Fenster, als wollte er das Wetter vorhersagen, er schnupperte, als liege draußen ein Gewitter in der Luft, dann setzte er sich hin, änderte im Sitzen jedoch ununterbrochen die Haltung, so dass die Bank knarrte. Über seine Angelegenheiten hatten sie nicht mehr gesprochen, vielleicht war es besser so, vielleicht war es gut, dass er wenigstens für eine Weile nicht daran dachte, sondern sein Gemüt ausruhen ließ.

»Ich werde es noch einmal versuchen«, sagte Kyösti und wandte sich mit den Händen in den Hosentaschen abrupt vom Fenster ab. »Ich muss es noch einmal versuchen …«

»Tu das«, sagte Id-Mari, setzte sich auf die Bank und legte die Hände in den Schoß. »Wenn du das Gefühl hast, dann ist es auch richtig. Du musst handeln, wie es deinem Gefühl entspricht.«

Sie kam sich seltsam kraftlos vor, geradeso als hätte Kyösti die Worte zu ihr gesagt, als hätte er sie gemeint, als würde er es ihretwegen noch einmal versuchen.

Sie spürte ein Stechen im Hals, wie immer, wenn die Rührung aufstieg.

»Versuch es noch einmal, und danach noch einmal … Daraus kann eine Ehe werden. Aber rechne nicht damit, dass es leicht wird, du darfst auf keinen Fall den Fehler machen, das zu glauben.«

Alles, was sie jetzt sagte, kam ihr sinnlos vor. Wenn die Ereignisse ins Rollen geraten, ist es sinnlos, Worte in den Weg zu schieben, sie werden zur Bedeutungslosigkeit zermalmt, sie stören nur.

»Du hast doch nichts vergessen?«, sagte sie, als Kyösti seine Sachen zusammenraffte.

Auch diese gewöhnliche Frage war jetzt ein Fehler.

»Tschüs«, sagte Kyösti und nahm sie bei den Schultern. »Danke. Mach's gut.«

»Wir haben überhaupt nicht über das Unterrichtsmaterial gesprochen.«

»Die Sitzungen halten wir gesondert ab, im Herbst.«

»Du wirst keine konventionelle Lösung finden«, sagte Id-Mari. Sie sah, dass Kyösti nicht verstand, was sie meinte, und sie hätte es auch nicht erklären können. Jetzt war jedes Wort zu viel. »Ich begleite dich ein Stück, oder nein, ich schaue zu, wie du den behördlich geschändeten Hügel hinaufsteigst, und denke dabei, dass ich also doch Besuch gehabt habe, einen willkommenen Gast.«

Sie setzte sich auf einen Gartenstuhl, von dem aus sie den Weg bis zum Hügelkamm hinauf sehen konnte. Bevor Kyösti hinter dem Holzstoß verschwand, drehte er sich noch einmal um und winkte.

Id-Mari ging ans Ufer. Die kleinen, zarten Libellen mit den blauen Körpern paarten sich schon zum zweiten Mal in diesem Sommer. Fünf Paare drängten sich auf einer Teichrose, und während sie umeinander herumwuselten, bildeten sie ein wundersames Mobile. Das Männchen hing mit dem Hinterleib am Weibchen fest, was äußerst schwierig aussah, aber sie blieben endlos lange zusammen, unternahmen Ausflüge und glichen beim Sausen durch die Luft einem kuriosen, vierflügligen Tandem. Dann ließ sich das Weibchen mit vibrierenden Flügeln wieder neben den anderen auf dem Kronblatt der Teichrose nieder, bog seinen Hinterleib ins Wasser, und das Männchen erklomm ihn in aufrechter Haltung. Die aufrecht stehenden Männchen schlugen ständig mit den Beinen nacheinander aus und versuchten einen Paarwechsel. Manchmal gelang das auch.

Das Mädesüß verwelkte allmählich, was für Id-Mari immer den Wendepunkt des Sommers anzeigte. Das Mädesüß welkte, die Preiselbeeren wurden rot, die ersten Pilze tauchten auf, die Schwalben ließen ihre Jungen überm Hof und überm See fliegen, um sie für die langen Strecken zu trainieren, noch machten die Jungen zu viele unnötige Bewegungen und schlugen zu sehr mit den Flügeln. Die Heidekrautblüten wurden blass.

Hinter dem Hügel ertönte das Geräusch eines Traktors, wurde stärker und reagierte gereizt auf die Schlammlöcher; er sammelte Kraft, um den kolossalen Anstieg auf den Hügel zu meistern. Dann sah man ihn auch schon. Schaukelnd und immer wieder in Schlammlöcher sinkend rumorte er voran, der schwankende Anhänger mit Brettern beladen. Was sollen die hier? Das muss ein Irrtum sein …

Sie sah die Bretterladung zum Ufer des Schwarzsees fahren, wo sie von den Männern entladen wurde.

Id-Mari ging nicht hin, um sich lautstark zu wundern, denn sie konnte sich denken, was passiert war.

Im Lauf des Tages kam eine zweite Fuhre, und am nächsten Tag kamen Zement, Steinwolle und Ziegel, Sand und wer weiß was noch alles.

Eine Woche später stellte sich heraus, dass Kokkala auch am größeren See zwei Grundstücke verkauft hatte, gleich hinter Id-Maris Grundstück. Es kamen Leute und fragten, ob sie für den Transport des Baumaterials über ihren Hof fahren dürften.

»Natürlich, anders kommt man ja gar nicht hin.«

»Der Makler hat gesagt, die Frau Magister von der Landwirtschaftsschule ist nett, die wird bestimmt ihre Erlaubnis geben.«

Sieh an, auf einmal war man also die Frau Magister … und an der Landwirtschaftsschule unterrichtete sie schon seit Jahren nicht mehr.

»Erstaunlich, dass Sie nicht hier gewesen sind und etwas gesagt haben, als Sie sich das Grundstück angesehen haben.«

»Wir haben das Geschäft in der Stadt abgeschlossen.«

»Und Kokkala hat selbst die Grundstücksgrenze abgesteckt?«

»Ja.«

»Bei mir auch«, sagte Id-Mari und schaute aus dem Fenster. Am Waldrand leuchteten weiße Bretterstapel und das fürs Dach vorgesehene Blech glänzte wie tausend Seen.

»Er hat gemeint, Sie würden sich hier so wohlfühlen, und das hat für uns letztlich den Ausschlag gegeben. Ansonsten wäre es ja auch ziemlich einsam hier.«

Es ist nicht der Fehler dieser Leute, nein, ihr Fehler ist es nicht, sagte sich Id-Mari innerlich vor, aber es ist auch nicht mein Fehler, mein Fehler ist es auch nicht, es ist niemandes Fehler. Wo liegt eigentlich der Fehler?

Sie gingen zusammen zum Ufer. Id-Mari mochte ihre künftigen Nachbarn nicht mal so lange anschauen, dass sie sie bei der nächsten Begegnung wiedererkannte; das erlaube ich mir jetzt, ich schaue sie ein andermal an, lerne sie später kennen.

»Ich dachte, wir stellen das Haus direkt ans Ufer«, sagte der Mann.

»Aber das ist mein Ufer«, sagte Id-Mari tonlos. Sie wunderte sich über gar nichts mehr. Außerdem: Immer wenn sie so etwas sagte, hörte sie irgendwo im Hintergrund eine Kuckucksuhr rufen: Hallo, kuckuck! Wer redet denn immer so großspurig von der Erde, die allen gehört?

»Ach so?«, sagte der Mann. »Aber Kokkala hat die Hand auf diesen Pflock hier gelegt und gesagt, die Grenze der Frau Magister verläuft hier.«

»So ist es auch, aber schräg zum Wald hinüber, nicht gerade nach unten«, sagte Id-Mari. Sie schaute den Mann nun zum ersten Mal genauer an. Er hatte ein braunes, gut gelauntes Gesicht, wettergegerbt wie bei einem Seemann, aber niemand würde vom Meer an diesen Tümpel kommen.

Der Mann kratzte sich den Schädel unter der gelben Mütze eines Farbengeschäfts und sagte nichts. Sie gingen zum Waldrand.

»Mein Ufer – kuckuck, kuckuck – erstreckt sich bis hierher.«

»Verflucht, ich hänge diesen Schuft auf …«

Sie sahen sich auch den Kaufvertrag an. Auf dessen Wortlaut konnte man sich absolut nicht berufen, vierzig Meter vom Grundstück von Frau Soundso liegt der Grund von Herrn Blechschmied Soundso. Sprich: bloß Felsbrocken und ein paar Bäume. Keine Zeugen, als vor Ort darüber geredet wurde. Kokkala würde wieder mit Schmähungen davonkommen, und die waren wie Wasser auf dem Rücken eines Aals. Das ganze Geschäft von Kokkola beruhte auf seiner Fähigkeit, Schmähungen an sich abperlen zu lassen. »Sie glauben wohl, Ihnen gehört die ganze Gegend …« So hatte er sich zuletzt am Telefon ausgedrückt.

»Verdammt, dem werde ich die Leviten lesen …«, schimpfte der Mann. Aber wenig später beruhigte er sich allmählich. »Na, was soll's. Ich stell das Häuschen ein Stück weiter oben an den Hang, fälle auf dem Grundstück ein paar Bäume, das muss man ziemlich ausdünnen, da kriege ich gleich auch Bauholz, und

Kokkola ärgert sich, dass er die Bäume nicht vorher verkauft hat …«

Auch auf der Genesungsfähigkeit dieses menschlichen Gemüts würde man ein Geschäft aufbauen können.

Vor dem Ende des Sommers, genauer gesagt innerhalb verblüffend kurzer Zeit, tauchten drei funkelnagelneue, glänzende Blechdächer in der Landschaft auf; praktische, fleißige Leute, diese Neuankömmlinge. Eigentlich hat das Blech die gleiche Farbe wie Seen und Wasseroberfläche, das gleiche Schimmern, warum weigert es sich bloß, mit der Landschaft zu verschmelzen, fragte sich Id-Mari am Fenster stehend. Sie lebten nun zusammen wie in einem kleinen Dorf.

Von allen Seiten hörte man es hämmern, und als sie wie wild das Unterrichtsmaterial ins Reine schrieb, war das Klappern ihrer Schreibmaschine erbärmlich kraftlos inmitten dieses Gepolters, selbst ein Specht bekam aus einem toten Baum einen volleren Ton heraus.

Als Id-Mari zum Ufer ging, winkte ihr der nächste Nachbar – derjenige, der wie ein Seemann aussah und den sie zuerst kennengelernt hatte – mit dem Hammer zu; er schien sich vollkommen eingelebt zu haben. Glücklich jene, die bauen, dachte Id-Mari. Wie auch jene, die kleine Kinder haben, denn sie stehen mitten im Leben …

So wurde Id-Maris Traum Wirklichkeit. Nachdem die Frauen erschienen waren, sprach sie in allen drei Wochenendhäusern vor und bat darum, auf synthetische Waschmittel zu verzichten und die Wäsche nicht am Ufer zu waschen. Sie brauchte dabei allerdings nicht durch hohes Gras zu waten, denn die Traktoren hatten überall breite Zufahrten mit tiefen Furchen gepflügt.

»Diese kleinen Gewässer ...«

»Die sind sowieso verschmutzt«, sagte jemand.

Nachmittags lag nun schon etwas Herbst in der Luft; es war, als neigte sich ein einziger langer, heißer Tag dem Ende zu und sorgte dafür, dass Id-Mari nichts tun konnte, es war, als wären die Gedanken dieses Tages schon zu Ende gedacht, als stünde nichts mehr bevor. Tero, ihr Mann, war im Herbst immer unruhig gewesen, fast jeden Herbst hatte ihn das Gefühl beherrscht, etwas Schreckliches werde geschehen, und das hatte auch sie angesteckt. Noch jetzt wunderte sie sich über die überschüssige Melancholie, die sie hin und wieder streifte, wenn sich die ersten Anzeichen des Herbstes zeigten, wenn Mitte August tagsüber die Verbindung von Kühle und Klarheit überraschte. Eine ganz eigene, persönliche Nuance lag in dieser Melancholie, eine Schattierung, die nur die Liebe in einem Menschen einkerben konnte. Sie waren weit über zehn Jahre zusammen gewesen. Eine unwahrscheinliche Leistung. Und dann hieß es immer, Ehen könnten nicht glücken!

Eines Abends, als sie in der Wohnküche an der Schreibmaschine saß, neben sich eine Tasse Tee, als vom See Nebelkringel aufstiegen und sie die neuen Blechdächer vor Augen hatte, kam ihr jüngster Sohn auf dem Fahrrad den Hügel herabgepoltert, fuhr unablässig klingelnd über den vergrasten Weg vorm Haus und halb die Treppe hinauf und beförderte das Rad mit einem Schwung in den Flur. Er schwitzte, war vom Bahnhof aus schnell hierher gestrampelt, auf den fünfzehn Kilometern mit sich selbst um die Wette gefahren und hatte seinen eigenen Rekord gebrochen.

Der Junge – ihr Sohn. Plötzlich hatte sie also Verwandte, Angehörige, oder was Kinder nun einmal waren, Familie. Fleisch und Blut. Knochen. Junge Haut. Große Zähne. Gewachsen. Ein lebendiges Wesen, das aus einer seltsamen Laune der Natur heraus ausgerechnet mit ihr verbunden war, mit Id-Mari. Ein Wesen, das keine andere Mutter hatte als sie, diese mangelhafte, zur Mutter ungeeignete, in dieser Eigenschaft nahezu inkompetente Person. Aber er kam trotzdem zu ihr. In das Haus im Wald. *Sie saß in ihrem Haus im Wald …*

Der Junge lachte, als sie zur Begrüßung all das über ihn ergoss, sie kam nicht dazu, ihre Worte abzuwägen, zu überlegen, wie man mit jungen Leuten reden musste, mit diesen verschlossenen Pubertätsmenschen. Sie betastete sogar seine Arme, um sich zu vergewissern, ob er es war, wischte ihm den Schweiß von der Stirn, schnupperte an seinem Kopf, mein Junge, so einen Jungen habe ich; *einen Sohn, einen Sohn …*

Wieso fiel ihr das ein, aus welchem Zusammenhang kannte sie das? Dann erinnerte sie sich, es war ihr seinerzeit wie ein Lied im Kopf herumgegangen und unfassbar bewegend gewesen, wie eine alte, rührende Ballade:

Frau Id-Mari Talvi … hat einen gesunden Sohn zur Welt gebracht …

Ihren ersten Sohn, und dieser hier war der letzte.

Sofort wurde sie geschäftig, Brot, wo habe ich das Brotmesser, Wurst, zum Glück gab es ein paar Scheiben Salami, möchtest du ein Spiegelei?

»Auf keinen Fall. Gibt es hier Trinkwasser?«

»Oh, ich war nicht zur Quelle, und jetzt ist es zu dunkel. Hier ist gekochtes Wasser. Willst du einen Tee?«

Großer Gott! Sie hielt mitten im Raum inne, das Messer in der einen Hand auf ihren Sohn gerichtet, in der anderen Hand das Brot. Sie hatte das Gefühl, als müsste auch der Junge es merken, es war so eindeutig: Wir bedienen einander, um unsere Verbundenheit, unsere Liebe auszudrücken. Wenn das Bedienen keine Pflicht mehr ist, wird es zum Mittel, Zärtlichkeit zu zeigen, eines der wenigen Mittel, die es gibt. Wie sagte der Prophet Habakuk noch, oder war es wieder dieser Paulus, dieser Frauenhasser: Es gibt hier keine Männer und keine Frauen mehr, keine Mütter und keine Kinder …

»Ich hab wahnsinnigen Durst und wahnsinnigen Hunger«, sagte der Junge.

Und Id-Mari spürte, dass nun jede Geste zählte. Sie schnitt das Brot und empfand die unfassbare Wichtigkeit der Bewegung, sie nahm die Butter aus dem Papier und legte sie auf einen sauberen Teller.

»Iss, mein Kind, die Mama schneidet dir Brot«, sagte sie, und sie lachten beide, denn seit Jahren nannte sie niemand mehr Mama, es schien enorm feierlich, so feierlich, dass es komisch klang, banal und poetisch zugleich, fast wie aus dem Kalevala. Plötzlich spürte Id-Mari, dass Muttersein ein Abenteuer sein könnte, eine spannende Form der Nähe, eine Expedition durch die inneren Landschaften und Jahreszeiten eines Menschen, wie der Sommer, wenn man nur nicht immer in derselben Spur geht, die man aus irgendwelchen Gründen für richtig hält, die alte, langweilige Bahn.

Sie genoss es, ihr Kind essen zu sehen, auch dies eine vergessene Genugtuung, eine der fundamentalen Art.

*»Gierig wie ein Geier«*, sagte sie, und wieder lachten sie.

Der Junge bekam einen Krümel in den falschen Hals, Id-Mari klopfte ihm auf den Rücken.

»Kratz mich mal da«, sagte der Junge, »ein bisschen weiter unten, nicht da, weiter oben, da, genau da, fester, aah …«

Sie kratzte den klebrigen, mageren Rücken, bekam dabei Ränder unter die Nägel.

»Du bist mir ein Schlacks, überall stehen die Knochen raus«, sagte Id-Mari. »Und schmutzig bist du. Den Hals hast du dir natürlich den ganzen Sommer nicht gewaschen. Sollen wir in die Sauna gehen?«

»Ja, okay. Ich ruhe mich ein bisschen aus, dann kann ich Holz machen.«

»Hast du dich mal mit deinem Vater getroffen?«

»Wir warn ein paar Mal essen.«

»Hast du gemerkt, was hier passiert ist?«

»Ja, ja. Sind das alles Blechschmiede?«

Als sie nach der Sauna in den Betten lagen und die Holzwürmer an den Pfosten nagten, sagte der Junge in der Wohnküche:

»Wir können dieses Haus ja auch streichen. Ich kann mit dem Fahrrad mindestens zehn Liter Farbe auf einmal transportieren. Wenn du einverstanden bist, kann ich morgen anfangen, ein Gerüst und eine Leiter zu bauen. Natürlich könntest du mir dafür ein bisschen was bezahlen.«

Id-Mari schnappte nach dunkler Luft.

Streichen? Dieses Haus! Es sollte doch eines natürlichen Todes sterben, verwesen wie alles andere hier.

»Wie wär's?«, fragte der Junge.

Id-Mari überlegte noch einen Moment. Sie wusste, wie sie das stören würde, sie sah schon den Hof voller Unterrichtsmaterialblätter, die mit dunkelroter Farbe gesprenkelt waren.

»Na ja«, seufzte sie.

Der Kleine Säger bekam einen erschütternden Euphorieanfall, er platzte fast vor Freude, es hätte nur gefehlt, dass er zu zwitschern anfing.

Wie war das noch? Glücklich diejenigen, die bauen und kleine Kinder haben.

Man müsste diese Definition noch ein bisschen verfeinern.

Id-Mari legte die Bücher in den Koffer, nach und nach mussten die Sachen gepackt werden, Bündel auf Bündel, damit man nicht alles auf den letzten Drücker am Hals hatte. Das *Lexikon der Erde* lag noch immer als zusätzliche Stütze unter ihrem Bett, umgeben von hellen Sägemehlhäufchen. Wenn man bedachte, dass sie die Bücher erst im Frühling hergeschafft hatte … für welch guten Zweck … wer wusste, wofür sie noch Verwendung finden würden, bevor sich die Verhältnisse auf der Erde ganz und gar änderten. Sie hätte diesen Gedanken unendlich weiterspinnen, sich innerlich daran ergötzen und dabei leise vor sich hin lächeln mögen.

Danke, guter Gott, war schön, dich zu sehen … Adieu, guter Gott. Adieu, Kleiner Säger.

Sie musste an ihre Mutter denken, Gott und Mutter gehörten für sie zusammen, für Menschen in diesem Alter gehörten sie noch oft zusammen, das war wie eine lebendige finnische oder vielleicht auch universale Mythologie … Religiös bin ich trotz deiner Gebete nicht geworden, ich muss ganz allein zurechtkommen, mich verändern, aber danke für den Gottesbegriff,

Mutter, danke für die sprachlichen Bilder und Phantasien, die du mir mitgegeben hast, sie haben mir geholfen ... Du hattest Recht, ohne diese Vorstellung wäre das menschliche Denken viel ärmer, sie ist bestechend, die größte Erfindung des Menschen.

Durch das Fenster oberhalb ihres Bettes blickte sie auf den Weg, auf dem neuerdings etwas los war, auch jetzt ging dort gerade jemand, der ein wenig an Kyösti erinnerte. Sie sah oft bekannte Züge an den fremden Leuten, die am Ufer entlang- oder auf dem Weg gingen oder an ihren Hauswänden herumklopften. Bis spät in die Nacht hinein ackerten sie mit den Gewitterschauern um die Wette, erfüllten sich einen wer weiß wie alten Traum.

Und die Landschaft veränderte sich, hatte sich bereits verändert, diese Leute hatten sie erobert, diese tüchtigen, arbeitsamen, praktischen, aktiven, vitalen Leute; Bauleute. Den Bauleuten gehörte die Welt, eine wie Id-Mari musste weichen: die Bewahrerin.

Sie erschrak selbst vor diesem Wort. Es wurde heutzutage als Schimpfwort benutzt, und wenn man wollte, als Beleidigung. Aber in dieser Landschaft war sie die Bewahrerin, die Konservative.

So sind sie, die Benennungen der Menschen, die Begriffe. Sie verwandeln sich sofort in ihr Gegenteil, sobald man sie ein bisschen schüttelt, werden sie Paradoxe. Du sollst den Menschen keinen Namen geben, damit du kein falsches Zeugnis ablegst wider deinen Nächsten ... Vermeide Fachausdrücke und Schlagworte, weil sie dich stets in die Irre führen. Es gibt nur Einzelfälle, und auch diese Definition ist falsch.

Eine geschiedene Frau mittleren Alters wird oft um Rat gefragt.

Id-Mari setzte sich mit einem Kleidungsstück in der Hand auf den Bettrand. Sie schaute es an, ohne zu begreifen, was es war, sie starrte darauf, als hätte sie es den ganzen Sommer über unablässig gesucht, aber kapierte jetzt nicht, dass sie es in Händen hielt, dass es da war.

Die Frau mittleren Alters.

Sie legte die Hände mit dem Kleidungsstück auf die Augen. Warum erschütterte sie das so? Warum musste sie sich ganz und gar diesem Gedanken hingeben?

Hatte sie es bis jetzt verdrängt? War sie das nun, die gesuchte Identität, wenigstens irgendeine?

Sie hatte sich immer gefragt, worin diese Identität eigentlich bestand. Vermutlich schlicht darin, dass man sich eingestand, mittleren Alters zu sein. Ich, Id-Mari Talvi, bin jetzt eine erwachsene Frau, geschieden, einsam, mittleren Alters. Ohne jede Rechtfertigung. Das bin ich. Das ist mein Leben.

Sie wischte sich mit dem Kleidungsstück die Augen und schnäuzte sich damit die Nase. Jetzt erkannte sie es, es war das alte Hemd ihres Sohnes, das sie beim Streichen getragen hatte. Es war ihm gelungen, auch sie zu motivieren, das Hemd war voll dunkelroter Farbe und noch feuchtem Fäulnisschutzmittel, es roch nach Terpentin. Von nun an war ihre Identität von Fäulnisschutz umgeben, und immer wenn sie über das mittlere Alter und seine Probleme redete, würde sie Terpentingeruch in der Nase haben. Ihr Seelenleben war nun einmal so sensibel.

Ach … nur keine Sentimentalität. Sie vergoss reichlich Tränen, wenn sie weinte, so dass die Dämme auch wirklich brachen und die Späne flogen.

Einen Grundgedanken ... jeder Mensch braucht ab und zu einen Grundgedanken, eine Berührung mit der Starkstromleitung, mit dem eigenen Hochspannungsfeld. Sie hatte zu lange im Unbestimmten geschwebt. Die Zeiten sind trügerisch, sie bringen die Menschen dazu, sich an Illusionen zu klammern ... Keine Ausreden! Jeder strampelt sich ab, wie er kann, von allen Seiten werden Lösungsmodelle angeboten. Lösungsmodelle, ja, sie sind gut und nützlich, vor allem die Notlösungsmodelle, die Erste-Hilfe-Modelle, aber wo findet man den Raum, man selbst zu sein, wo findet man die Lösung, die für einen selbst die richtige ist?

Wie hieß es noch gleich: Die Leute mittleren Alters haben die Macht, die Welt zu ändern. Darüber musste sie gründlich nachdenken, sich fragen, was genau damit gesagt war.

»Was redest du da vor dich hin?«, fragte ihr Sohn, als er mit farbverschmierten Hosen in die Kammer kam, der Oberkörper nackt und nach dem Schwimmen von Wassertropfen glänzend. »Guck mal eben, wo das Häuschen für die Schwalben hin soll, bevor ich die Leiter versetze. He, dein Gesicht ist ja ganz ...«

Es war der Punkt gekommen, an dem sich die Frau mittleren Alters, kaum hatte sie ihre Identität gefunden und akzeptiert, mit der Außenwelt in Beziehung setzte: Sehr oft haben solche Frauen nämlich Kinder, um die sie sich allein kümmern müssen, trotz allem, was gemeinhin über Familie und die Bedeutung des Vaters geredet wird, und Jahr für Jahr werden sie mehr; das darf man nicht übersehen.

»Wie hast du es fertiggebracht, dich so einzusauen?«

»Mit Fäulnisschutz, roter Farbe und Tränen.«

Sie ging in die Wohnküche und schaute aus dem einzigen Fenster, durch das man noch unberührten Wald sah; stellte man sich schräg an das Fenster, das zum Schwarzsee ging, sah man nur Felsen, Wasser, Bäume und die alte Scheune.

Sie zwang sich zu der Vorstellung, dass dies alles zerstört werden würde, durch Sprengung oder durch Verschmutzung. Dass nichts übrig bliebe. Dass es niemanden mehr gäbe, der das sehen und begreifen würde. Und niemand mehr davon erzählte.

Das schien unmöglich. Ganz und gar unmöglich.

*Aus dem Finnischen von Stefan Moster*

// **ROSA LIKSOM** *1958

## VIER GESCHICHTEN AUS »FAMILIE«

ICH bin halt aus etwas besserem Hause, deshalb hatte ich mir schon länger gedacht, ich bräuchte einen Mann, der ärmer, hässlicher und in jeder Hinsicht minderwertiger ist als ich. So einer könnte eventuell ein demütiger und gehorsamer Gatte werden.

Drei Jugendehen hatte ich bereits hinter mir. Zwei meiner Exmänner waren vermögende Geschäftsführer gewesen und der dritte ein gut bezahlter Zellenforscher. Alles selbstverliebte Muttersöhnchen, nur an Geld und Karriere interessiert.

Pete entdeckte ich dann im Freibad. Ich hielt ihn für einen gewöhnlichen Taxifahrer und nahm ihn mit zu mir. Für einen Routinefick. Aber es kam anders. Pete war ein Meister seines Fachs, und ich ging ihm an den Haken. Sie wissen schon: reiche, dralle Frau im besten Alter und junger, geiler Kater. Wir heirateten, und weil es eine Liebesheirat war, wurde über einen Ehevertrag nicht einmal geredet.

Ich erledigte weiterhin meine Aufgaben als Dozentin mit dem gleichen Engagement wie in den zwanzig Jahren zuvor. Pete wollte als Hausmann daheimbleiben. Dreimal am Tag führte er meinen Gugi Gassi, und dafür gab ich ihm ein bisschen Taschengeld. So blieb der Kater brav und zufrieden. Die Liebesgeschichte des Jahrhunderts hielt vom Frühling bis zum Herbst. Der November änderte alles.

Zuerst fing Pete an, um mehr Taschengeld zu betteln. Ich gab es ihm. Dann verlangte er meine Kreditkarte. Ich gab ihm auch die. Ich dachte, wenn die Liebe nur vom Geld abhängt, was soll's, ich hab genug davon. Bis zum Advent hatte Pete meine sämtlichen Ersparnisse zum Fenster hinausgeschmissen. Aber ich war halt immer willig. Ich flehte zu Gott, er möge mich von meiner Lust erlösen, doch Gott hörte nicht hin.

An Weihnachten, als ich fast mittellos und meine Lust erschöpft war, schlug ich Pete die Scheidung vor. Er hielt das für eine schlechte Idee, denn er wollte ein neues Motorrad haben, einen Jetski plus Neoprenanzug. Ich weigerte mich, ihm noch mehr Geld zu geben. Aus Rache schnitt er meinem Gugi die Kehle durch.

In meiner Not rief ich eine Hellseherin an und bat um Hilfe. Sie sah Pete als großen Wohltäter und ermunterte mich, ihm, abgesehen von meiner Kleidung, mein ganzes Eigentum zu schenken.

Ich erzählte Pete von dem Vorschlag, wich jedoch insoweit von den Anweisungen ab, als ich eine Bedingung stellte: Er musste mich gehen lassen. Pete freute sich. Er sagte, er habe schon immer gewusst, dass in mir eine kluge Frau stecke.

Ich machte die Papiere fertig, und Pete brachte mich zur

Tür. Während der U-Bahn-Fahrt zu meinem Schließfach ging mir auf, dass ich mich in meinem Haus eigentlich sowieso nie wohlgefühlt hatte. Der Garten war unnötig groß, und im Herbst drang der kalte Seewind durch die Fensterritzen.

In meinem geheimen Bankschließfach war immerhin noch etwas übrig. Ich machte die Aktien zu Geld und kaufte mir am Brunnenpark eine elegante Eckwohnung in der obersten Etage. Wenn ich jetzt mit meinem neuen Gugi am Uferboulevard spazieren gehe, weiß ich: Alles ist gut. Ich habe einen neuen Liebhaber, einen ganz gewöhnlichen Bankdirektor aus Tampere, sowie ein kleines Haus in Spanien. Denke ich an Pete zurück, muss ich immer lächeln. Trotz allem hatte der Strolch etwas für sich.

ICH bin eine ganz normale, anständige Frau, hab aber seit drei Jahren ein Laster: Pizza frei Haus. Nicht dass ich dick wäre, eher von der Figur her grad richtig und im Gesicht auch ganz nett.

Ich hab sämtliche Schulen absolviert, wie es sich gehört, und bin Lehrerin geworden. Heute hab ich meine eigene Wohnung hinterm Klassensaal, mit Tiefkühltruhe und kleinen Glasschwänen auf der Fensterbank, die Staub fangen.

Alles also absolut bestens bei mir, außer halt dass mir ein Mann fehlt, der auf der Couch liegt. Und darum hat die Schulköchin eines schönen Tages zu mir gesagt: Jetzt besorgst du dir einen. Darauf ich: Ich will schon lange einen. Sie hat mich dann zu Herzblatt geschickt, wo ich auch prompt einen gekriegt hab. Einen mit filziger roter Strickjacke und sauberen grauen Hosen, so wie es sich für einen anständigen Mann gehört. Wir haben eine Turteltour nach Lempäälä gewonnen.

Ich also nichts wie die Tasche gepackt, zusammen mit der Köchin. Ersatzstrumpfhosen und Wollsocken, falls es zu schneien anfängt, immerhin war ja tiefster Winter. Die Köchin hat mir noch ordentlich Proviant mitgegeben: Rentierbrot und Hausbier. Dann hat sie mich richtig an die Hand genommen und mir erklärt, wie man einen Mann behandeln muss, damit er zufrieden ist. Also dass man seine Kleidung lobt und dass man ihm sagt, er sieht vom Gesicht her gut aus. Kennt man ja. Männer sind halt von sich eingenommen.

Wir sind zusammen mit dem Bus nach Lempäälä gefahren. Es war so dunkel und so kalt, ich hab schon unterwegs die Wollsocken anziehen müssen. Er hat die ganze Fahrt über kein Wort gesagt, und das war gut. Es heißt ja, Männer, die wenig reden, sind die besten. Er war still, und ich hab mich so richtig aussprechen können. In allen Einzelheiten bin ich meine Konfirmation, die Angelerfolge meines verstorbenen Vaters und den plötzlichen Tod meines Bruders im November zweiundfünfzig am Pyhäjärvi-See durchgegangen.

Natürlich hab ich zwischendurch auch schon mal einen Blick auf ihn geworfen und dabei nicht groß was auszusetzen gehabt. Zwar hatte er einen Schmerbauch, aber so ist das halt bei ruhigen Männern.

Wir sind dann glücklich angekommen und ins beste Kurhotel gegangen. Ich hab mir gedacht, wir nehmen natürlich ein Zimmer mit Doppelbett, wie Raija Pellilä eins hat. Dann faulenzen wir, trinken Wein, bestellen uns eine Pizza, reiben uns gegenseitig an den richtigen Stellen, und am nächsten Morgen verloben wir uns und sind selig. So hatte ich mir das gedacht, und darum hab ich mich in der Aula der Herberge auch so unbekümmert aufgeführt.

Da sagt der Mann auf einmal, ohne mich anzugucken, er will ein Zimmer für sich. Mir ist das Blut aus dem Kopf gewichen, auf einen Schlag war die Kraft in den Beinen weg, und seelisch bin ich komplett zusammengebrochen. Ich hab kein Wort herausgebracht. Er hat mit seinem Schlüssel rumgefummelt und mich kein einziges Mal angeguckt, wie sich Verliebte angucken. Ich meine, ich hätte ihn sogar die Nase rümpfen sehen, obwohl er der Letzte ist, der sich das leisten kann. Er hat nämlich Schlapplippen und außerdem die Füße direkt unterm Arsch.

Ich war total schockiert und hatte das Gefühl, die ganze wunderbare Welt, die ich gerade noch so schön vor mir gesehen hatte, wär so schnell verschwunden wie ein Stück Pizza während der Ziehung der Lottozahlen.

Aber dann hat der Finger Gottes eingegriffen, und ich hab mitten im Zusammenbruch Licht gesehen. Ich hab die Eisenglocke, die dafür da ist, den Schlüsselheini aus dem Raucherraum zu rufen, vom Tisch genommen und meinem Begleiter so lange auf den Schädel gehämmert, bis die Sanitäter gekommen sind. Ich war voller Blut. Er zum Glück noch mehr.

Von so einer Pickelfresse lass ich mir doch nicht die Herzblattreise verderben, hab ich gedacht. Ich hab mir dann ein Einzelzimmer genommen. Bett, Tisch, Radio und ein Haken an der Wand. Allerdings kein Fernseher, was mich schon ein bisschen sauer gemacht hat. Aber was soll's, hab ich mir gedacht. Dann bin ich erst mal auf dem Gang duschen gegangen und hab mich picobello eingespachtelt. Hab mein Flanellnachthemd angezogen und mir vom Gangtelefon aus eine ordentliche Pizza mit dickem Boden und Dreifachbelag bestellt und dazu eine Tüte fettarme Milch, weil es keine Vollmilch gab. Pappsatt hab ich danach den Verkehrsfunk eingestellt und angefangen, das Leben in vollen Zügen zu genießen.

MEIN Vater, Gott hab ihn selig, hat mich schon in den Wald mitgenommen, da war ich noch keine zwölf, und seitdem bin ich wie wild durch Wald und Flur geflitzt. Hab geschuftet wie nix und meine sechs Kinder in die Schule geschickt, damit sie nicht dem gleichen Schicksal ausgeliefert sind wie ihr Vater. Die Mädchen sind Lehrerinnen und Krankenschwestern geworden und die Buben dies und das. Alle sind sie ausgeflogen und bis zum heutigen Tag nicht mit Arbeitslosigkeit gesegnet gewesen. Ich bete täglich, dass wenigstens einer arbeitslos wird und sich um mich kümmert. Aber nein. Der liebe Gott lässt nicht mal einen Furz in die Richtung, in der mein Haus steht. Der denkt wahrscheinlich, die soll sehen, wo sie bleibt.

Den Lauri Närppänen dagegen versorgt der Gottessohn umso besser, der hat alle Töchter wieder im Haus. Dabei hat er nicht eines von seinen Gören in die Schule geschickt, und die Veina, Gott hab sie selig, hat er auch immer kurzgehalten. Seinen Wald hat er verkauft und das Geld in alle Welt verstreut. Mich hat er nur ausgelacht, wie ich die Flächenzulage auf die Bank gebracht hab. Immer ist er auf Süßes scharf gewesen, und so faul, dass es stinkt bis hierher, zu unserem Hof.

In den letzten vier Wintern hat es der Gottvater im Himmel dem Lauri persönlich mit vollen Händen gegeben. Zuerst ist die älteste Tochter als Gemeindeputzfrau entlassen worden und wieder heimgekommen, um ihren Vater zu bedienen. Innerhalb einer Woche hat das Mädchen den Saustall in Ordnung gebracht, aus Schweden Wachstischdecken geholt und alles. Schon da hat der Lauri gut lachen gehabt, weil jetzt eine bei ihm war, die anpackt. Und zwei Monate später haben sie den Mann von seiner jüngsten Tochter bei Outokumpu auf die Straße gesetzt. Die Tochter selbst war sowieso nie arbeiten gewesen. Die hat einmal im Jahr was Kleines rausgedrückt, weil der Staat heutzutage für so was ja schön bezahlt. Und so hat der Lauri auf einen Schlag auch noch die ganze Bagage aus Outokumpu unter seinem Dach gehabt. Da wimmelt es jetzt nur so vor schmerbäuchigen Bälgern, dazu drei Köter und der eine oder andere Tagedieb von Schwiegersohn. Die ältere Tochter führt den Haushalt, die jüngere schleppt sackweise Geld von der Gemeinde an: die Armenhilfe. Da kann der Lauri schön sein Bier schlabbern und sich über die anderen Leute im Dorf lustig machen.

Lauri hat alles, und ich hab niemand. Keine Tochter, die mir die Teppiche glattzieht, keine Bälger, die die toten Fliegen vom Fensterbrett sammeln, und keinen Schwiegersohn, der mit dem Lada auf der Landstraße hin und her brummt. Alles muss ich selber machen. Strümpfe stopfen und Untergarnituren flicken, und das, obwohl ich Tag und Nacht furchtbare Schmerzen in der Hüfte und der Seite hab.

Die Zeiten sind sonderbar und widerlich geworden. So langsam muss ich mich der Wahrheit beugen, dass einer wie der Lauri schlau ist, weil er keinen Finger krummmacht, während eine wie ich immer wie wild buckelt.

DIE Dreißigerkrise erwischte mich voll: Nachts fing ich an zu schwitzen, tagsüber fror ich und konnte nichts anderes essen als Pfefferminzgelee. Ich erzählte meiner Kollegin von den Symptomen, und sie meinte kühl: Du hast entweder Darmkrebs oder Gallensteine. Gelähmt vor Entsetzen ging ich zum Arzt und beichtete ihm alles. Er hörte mir kaum zu, schielte bloß mal flüchtig rüber und meinte, falls ich nicht süchtig wäre, würde mir nichts fehlen. Ich hätte halt die für Frauen übliche Einbildungskrankheit. Leck mich, was war ich erleichtert! Ich beschloss, von nun an alles aus meinem Leben rauszuholen. Ich kam aber nicht dazu, weil die Symptome wiederkamen, und zwar schlimmer als vorher: Ich war bei meinem Freund immer scheißgenervt und pflaumte sogar meinen Friseur an, obwohl der total süß ist.

Ich ging in mich, von wegen Scheiße, Frau, was ist eigentlich mit dir los. Und dann kam ich drauf, mir fehlten genau zwei Dinge: Hund und Kind. Eines Abends, als wir gerade Formel 1 guckten, sagte ich zu meinem Freund, weißt du was, ich will einen Hund. Ich hatte beschlossen, mit dem Hund anzufangen, weil man da schon mal trainieren kann, wie man ein Kind versorgt. Er sah mich bloß kurz an und seufzte schwer, sagte lange gar nichts, bis er meinte, von mir aus, hol dir halt einen, wenn du unbedingt was am Hals haben willst, aber denk dran, ich will nie auf dem Küchentisch einen Zettel sehen, auf dem steht, sorry, hab keine Zeit gehabt, den Hund zum Pissen auszuführen, könntest du das machen. Da war ich total beleidigt. Leck mich, wenn der Kerl so stinkfaul ist, dass er keine Verantwortung für einen gemeinsamen Hund tragen will, dann hol ich mir auch keinen Hund. Zwei Wochen lang schwieg ich ihn bloß an, aber das schien ihn überhaupt nicht zu stören. Verdammte Scheiße, dieser narzisstische Wichser kotzte mich dermaßen an, dass ich beschloss, mich zu rächen.

Ich ließ mir die Spirale rausnehmen und wurde schwanger. Was war ich happy, als ich diesem nichtsnutzigen Stier in die anämische Fresse knallen konnte: Die Spirale hat versagt, ich werde Mutter! Ihm ist das Gesicht runtergefallen. Alles Coole war weg, und er wimmerte bloß, er würde es jedenfalls nicht ernähren. Ich sagte ihm, weißt du was, ich will deine Scheißalimente überhaupt nicht haben, das Kind gehört MIR, und ICH erziehe es so, wie ICH es will.

Je länger die Schwangerschaft dauerte, desto weniger Symptome hatte ich. Keine Hitzewallungen, keine Wahnsinnsanfälle beim Schlangestehen in der Bank, keinen Streit daheim. Das Leben schien unglaublich gut zu laufen, und nach und nach schluckte auch mein Typ die Vorstellung von Familie.

Dann kam der Geburtstermin, und ich bin in die Klinik der Hebammenschule. Mein Freund wollte natürlich nicht mit, aber mir war das egal. Das Kind kam normal auf die Welt, und wir waren zu dritt: zwei Buben und ich.

Am Anfang ging alles supergut. Das Kind aß, furzte und schlief, und ich war tierisch glücklich und dachte mir, dass ich jetzt erst wusste, was Glück war. Zwei Wochen dauerte das Paradies. Eines Nachts fing das Kind zu schreien an und hörte nicht mehr auf, obwohl ich Kopfstände machte. Mein Typ stopfte seine Sachen in die Sporttasche und verschwand. Nach drei Wochen Affentheater war ich total finito. Ich fragte mich, ob ich das brüllende Monster in den Müll oder aus dem Fenster werfen sollte, ob ich es in einem Zug nach Osten ablegen oder als Kriegskind nach Stockholm schicken sollte. Ich war so durch den Wind, dass ich vergaß zu essen und zu trinken. Kurz bevor ich reif für die Klapse war, kam mir eine super Idee. Ich fuhr mit dem Bus zur Mutter meines Typen. Die war schon in Rente, und ich sagte ihr, das da hat dein Arschloch von Sohn gemacht, es schreit, weil es zur Oma will, und dann ließ ich es einfach bei ihr und habe es nie mehr abgeholt. Ein paar Mal rief sie noch an, von wegen ob sie fürs Jugendamt als Mutter nicht zu alt wär. Aber ich tröstete sie: Falls die aufmucken, sagst du einfach, es hat einen jungen Vater. Nach und nach kehrte mein Leben dann wieder in normale Bahnen zurück. Ich strich die Wohnung, wusch die Teppiche und kaufte mir eine neue Ledercouch.

Einen Monat bevor ich wieder anfing zu arbeiten, holte ich mir einen Welpen. Er ist das niedlichste Wesen der Welt, und ich liebe ihn über alles. Nach der Arbeit renne ich immer gleich heim, um ihn zu hätscheln und zu knuddeln. Wir kochen zusammen, er ist ein richtiges kleines Fettsäckchen. Ständig verlangt er Leckerbissen. Ich gucke Formel 1 und fühle mich nie so einsam wie damals, als ich noch meinen Freund und das Kind hatte. Oft denke ich mir, wie beknackt ich war, mir die Spirale rausnehmen zu lassen, ich hätte mir einfach gleich einen Welpen holen sollen. Hätte ich damals meinen Kopf durchgesetzt, hätte ich jetzt bestimmt schon zwei süße Hunde.

*Aus dem Finnischen von Stefan Moster*

## // **MARIA JOTUNI** 1880–1940

## AM TELEFON

»Hallo, ist dort das Hotel France?«

- – -

»Könnte ich vielleicht den Schankkellner Axel Lundqvist sprechen?«

- – -

»Ah, Herr Lundqvist. Hier ist das Hotel Iris. Ich bin Hilda Husso, erinnern Sie sich noch, Herr Lundqvist?«

- – -

»Ich war Putzfrau im Speisesalon Ekbom, damals, als der Junge zur Welt kam, wenn Sie sich noch erinnern, Herr Lundqvist.«

- – -

»Hallo, wie bitte, ich höre nicht!«

- – -

»Nein, hier ist niemand. Sie brauchen keine Angst zu haben, dass jemand mithört, Sie können frei sprechen, Herr Lundqvist.«

- – -

»Danke, dem Jungen geht's gut. Er war die ganze Zeit auf dem Land. Sah ganz wie der Vater aus, als ich ihn vor ein paar Jahren besucht habe. Genau wie der Lundqvist war er, das hat mich am meisten gefreut.«

- – -

»Nein, nichts, ich brauche keinen Unterhalt mehr für ihn.«

- – -

»Sie haben mir doch damals schon die zweihundert gezahlt. Manch einer hätte nicht einmal das gegeben. Vielen Dank auch noch mal. Das war genug. Nein, nein, nicht mehr.«

- – -

»Danke der Nachfrage. Gut geht's mir. Das ist ja nun schon sechs Jahre her. Gott sei Dank hab ich immer eine gute Stellung gefunden. Auf dem Schiff war ich, als Putzfrau, und dann im Hotel, in Viborg und in St. Petersburg.«

- – -

»Nein, nein, der Junge hat mir keine Nachteile gebracht. Ich hab Ihnen damals ganz unnötig mit der Polizei gedroht, was hätte die schon ausrichten können. Man ist ja so einfältig und kindisch, wenn man noch keine Erfahrung hat. Seien Sie deshalb nicht böse!«

- – -

»Nein, es war nicht Ihre Schuld. Und selbst wenn. Keine Schuld und nichts. So was kommt vor, alles nur Unerfahrenheit und Unschuld. Und wie gesagt, der Junge stört mich nicht. Der wächst zu einem Menschen heran und wird als Mensch sterben, wie alle anderen auch, und was er daraus macht, ist seine Sache, nicht unsere.«

- – -

»Natürlich zahle ich noch etwas für seinen Unterhalt, aber das merkt man gar nicht, wenn man verdient wie ich und sonst keine Kinder hat außer diesem einen mit dem Lundqvist.«

- – -

»Vielen Dank auch, dass Sie den Jungen sehen möchten. Das können Sie, wenn Sie unbedingt wollen, obwohl es eigentlich unnötig ist. Ich hatte hier bloß andere Sachen zu erledigen, da hab ich halt bei ihm vorbeigeschaut.«

- – -

»Zu einem kurzen Besuch nur. Ich gebe meine Stelle auf.«

- – -

»Einen Bräutigam? Nur den Lundqvist, und das war einmal. Aber eigentlich stimmt das doch auch wieder, es passiert so allerhand in einem Menschenleben.«

- – -

»Ich meine, es gibt da einen, der ist so verrückt und will mich heiraten.«

- – -

»Ich habe es mir überlegt. Wenn es passt, nehme ich einen Mann. Es gibt schon einiges, was dafür spricht. Die Beine und das Alter.«

- – -

»Freundlich, wie schon immer. Hübsch nicht mehr. Wenn Sie mich sehen würden, Sie würden mich nicht mehr hübsch nennen. Der Mensch ändert sich.«

- – -

»Aus Schweden stammt er. Ein Kaufmann, Eriksson ist sein Name. Ich werde hinziehen.«

- – -

»Der Junge? Der Junge bleibt hier! Was soll ich dort mit ihm? Wenn das Kind groß wird, was braucht es dann noch Eltern? Die stören nur. Oder was denken Sie?«

- – -

»Sie brauchen keine Angst zu haben, Herr Lundqvist, natürlich brauchen Sie sich nicht um ihn zu kümmern. Der Junge bleibt, wo er ist, ich zahle den Unterhalt.«

- – -

»Nein, Eriksson weiß nichts von dem Jungen. Ob er das übelnehmen würde? Ich glaube nicht. Und was geht es ihn an.«

- – -

»Herr Lundqvist soll bitte nicht denken, dass ich ihn irgendwie belasten will. Das wäre ja unanständig. Aber irgendwie ist er ja auch Ihr Sohn, dachte ich. Und deshalb dachte ich, wenn Sie so gut wären und sich so weit kümmern würden, dass der Junge, wenn er in das Alter kommt, dass er vielleicht als Laufbursche anfangen kann, dass Sie ihn dann in irgendeinem Hotel unterbringen.«

- – -

»Natürlich habe ich keine besonderen Forderungen. Es muss auch nicht unbedingt ein Hotel sein. Aber das wäre eine gute Laufbahn. Egal welches Gewerbe, Hauptsache, er bleibt ein anständiger Mensch, hat sein Auskommen und ist zufrieden. Und das hängt doch vom Charakter ab, von nichts anderem, denke ich.«

- – -

»Nein, Lundqvist. Ich komme selbst für den Jungen auf bis dahin. Aber sicher werde ich bis dahin genug Geld haben. Dafür sorge ich schon. Und ich habe ja auch was gespart.«

- – -

»Nicht viel. So an die sechstausend.«

- – -

»Ist so zusammengekommen.«

- – -

»Ha. Reichtum und Liebe noch dazu.«

- – -

»Ha-ha-haa. Ein guter Beruf! Das Putzen allein bringt schon etwas ein, dann noch hier und da Geldgeschenke, wie Sie wissen.«

- – -

»Ha-ha-haa, überhaupt nicht, keinen einzigen reichen Liebhaber!«

- – -

»Nein, nein, jetzt scherzen Sie aber! Ich hab mir von keinem Albernheiten von Liebe und so weiter erzählen lassen – außer was Sie selbst seinerzeit gesagt haben, von niemand sonst.«

- – -

»Ich, in Keuschheit? Ha-ha-haa, was soll denn das nun? Natürlich, gewissermaßen in Keuschheit, wie man's nimmt.«

- – -

»Natürlich, das sind alles nur Worte. Ha-ha-haa, unerfahrene Leute benennen die Sachen, sie denken sich Namen dafür aus, das ist alles. Vernünftige Leute kümmern sich nicht darum.«

- – -

»Der Mann ist wohlhabend, das ist die ganze Liebe. Und ich sag's ganz offen, ich fürchte, ein zweites Angebot wird nicht kommen. Ich bin ja auch nicht mehr die Jüngste. Und ein fester Mann ist ein fester Mann.«

- – -

»Er hat keine besonderen Vorzüge, was will man noch mit Vorzügen! Er ist auch nicht übermäßig klug. Das finde ich gut. Er hat ein Vermögen und keine Verwandten, das passt also auch. In jeder Hinsicht ein vorteilhafter Handel, den ich da mache. Als Mitgift im Voraus ein Sparbuch mit fünftausend Guthaben, wissen Sie.«

- – -

»Geld ist genug da. Die fünftausend hebe ich auf, für schlimmere Zeiten, aber die sechstausend, die sind übrig.«

- – -

»Nein, nein, nicht für den Jungen. Aber wenn Lundqvist sie verwahren möchte, ist das etwas anderes.«

- – -

»Nein, nein, nicht für den Jungen. Das Geld wäre schädlich für ihn. Am besten ist es, wenn der Mensch von klein auf selbst seinen Unterhalt verdient. Dann ist er mit wenig zufrieden und kann sich freuen. Sich anzustrengen ist für den Menschen das Beste. Deshalb – kein Geld für den Jungen! Aber Sie sollen es bitte so verwenden, wie Sie es für richtig halten.«

- – -

»Ja, ich auch. Warum sollten wir zwei alten Bekannten, die einmal ihren Spaß miteinander hatten, nicht ehrlich zueinander sein und geradeheraus sagen, was man denkt. Ich leugne nicht, dass Lundqvist mir nicht mehr gefallen hat als jeder andere, der vorbeigezogen ist, und es hat alle möglichen gegeben. Deshalb hab ich mir auch gedacht, dass Lundqvist das Geld nehmen soll.«

- – -

»Lieber Lundqvist, keine Ausreden mehr! Glauben Sie, das ist nur so ein Einfall von mir altem Dummerchen? Warum soll ich meine kleinen Ersparnisse mitnehmen und einem fremden Mann geben! Sie brauchen sich jetzt nicht unnötig zu genieren, Sie sind doch sonst so mutig, ha-ha-haa – ein Schelm, auch was die Frauen angeht.«

- – -

»Nein, nein. Jetzt scherzen Sie wieder, Lundqvist. Das wird nichts mehr mit uns und auch nicht mit mir. Ich kenne den Geschmack von Lundqvist. Ich bin alt und bald voller Falten. Und Lundqvist mag ja die Jungen und Frischen.«

- – -

»Nein, Lundqvist, Spaß beiseite! Früher war das was anderes. Wie war der Lundqvist lustig. Herrjemine, was der alles konnte!«

- – -

»Ha-ha-haa, gut, wir treffen uns, dann übergebe ich Ihnen auch das Sparbuch.«

- – -

»Ha-ha-haa, zum Spaßen aufgelegt, wie immer. Wir können auch ein bisschen feiern, dagegen habe ich gar nichts.«

- – -

»Sehnsucht nach mir? Überhaupt nicht, das weiß ich genau.«

- – -

»Ha-ha-haa, der Lundqvist! Das sagen Sie zu zig anderen auch, aber das macht nichts.«

- – -

»Ja, ich komme, gegen Morgen, wenn Sie freihaben. Auf Wiedersehn dann!«

- – -

»Ha-haa-haa, das werde ich nicht tun!«

## VOLKES SITTE

»Tag.«

»Tag.«

»Tag, Tag«, antwortete die Bäuerin und freute sich, als sie ihre Nachbarin, die Kätner-Kaisa, in die Stube tapsen sah.

»Draußen friert's«, sagte Kaisa und rieb sich die vor Kälte starren Hände.

»'s friert. Wie geht's denn so, Kaisa?«

»Wie soll's armen Leuten bei der Kälte schon gehen!«

»Was führt dich her?«, fragte die Bäuerin und blickte vom Spinnrad auf.

»Ach – nichts eigentlich«, sagte Kaisa, obwohl die Bäuerin sie eigens eingeladen hatte. »Was soll man als armer Mensch schon wollen«, seufzte sie noch und schaute zum Bauern, der am Ende der Bank saß und schnitzte. »Was denn schon, nichts Besonderes.«

Nach einer Weile wurde sie munter und meinte: »Ja, also da wär schon was, eigentlich. Ich dachte, ich geh mal nach euren Ferkeln schauen, ob sie schon gewachsen sind.«

»So, so, die Ferkel!«, lachte die Bäuerin.

»Die Ferkel. Ich hab doch auch eins, ein richtiger Schlingel ist das! Stammt aus demselben Wurf. Wo man hingeht, immer denkt man daran, wie an das eigene Kind oder sonst einen Angehörigen. Man gibt ihm zu essen und zu trinken, und es taugt grad so viel wie ein Menschenkind und dessen liebes Leben.«

Der Bauer blickte mürrisch auf und brummelte etwas, und Kaisa verstummte.

Nur das Schnurren des Spinnrads war zu hören. Die Bäuerin nahm eine Flocke nach der anderen, spann weiter und schien Kaisa gar nicht wahrzunehmen. Und Kaisa fehlte ja nichts. Sie saß mit gefalteten Händen in der warmen Stube, drehte Däumchen und dachte über den Lauf der Welt nach. Sie dachte an das Leben der Reichen. Ob die wohl, wenn man's genau bedenkt, glücklicher sind? Schließlich lebt man ja auch als armer Mensch sein Leben, egal ob in Watte oder Wolle! Ha, was soll's, die denken, ich plustere mich ein bisschen auf, dann mach ich einen besseren Eindruck. Verlorene Liebesmüh! Aber das ist ihre Sache, was geht's mich an.

Die Bäuerin spann und wartete, dass der Bauer aufstand. Doch der dachte nicht daran. Saß nur da und blies Trübsal, der Griesgram, wie für alle Ewigkeit dort hingesetzt. So ein Klotz! Solange der hier saß, konnte man nichts ausrichten.

Sie blickte Kaisa vielsagend an, als die sich erhob. Sofort setzte sich Kaisa wieder. Und so saßen sie weiter stumm da, und die Zeit verging.

»Also die Ferkel«, sagte schließlich die Bäuerin.

»Die Ferkel, ja genau, die Ferkel.«

Wieder verging eine Weile. Das Spinnrad schnurrte wie vorher. Der Bauer schnitzte, und Kaisa war schon ganz warm geworden, und sie wischte sich mit dem Schürzenzipfel den Schweiß von der Stirn. Die heizen aber ordentlich! Die werden mindestens zwei Tröge Teig gebacken haben. Ob die Bäuerin ihr wieder etwas Frischgebackenes gibt? Aber sicher, wo sie sie doch gerade heute eingeladen hat. Bestimmt. Aber dieser Griesgram, der sitzt nur mürrisch da und passt auf, damit die Bäuerin auch ja nicht weg kann. Die sollte einfach gehen. Der

Bauer würde deswegen höchstens ein paar grantige Worte verlieren. Aber egal, sie hat ja Zeit und kann warten. Auch verhungern wird sie nicht, schon der Geruch von Brot macht einen ja fast satt. Und ein Brot wird ihr die Bäuerin schon geben. Das tut sie sicher. Und wenn's gut geht, noch ein Stückchen Butter dazu, falls es ihr gelungen ist, dem Griesgram welche zu stibitzen. Aber wer weiß, am Ende bekommt auch sie nicht mal am Sonntag Butter, und ein Fremder schon gar nicht. In den Schüsseln schnüffeln und jeden Pfennig umdrehen – das kann er, der Bauer. So sieht er auch aus mit seiner krummen Nase. An den Haken der Handwaage erinnert die.

Wieder verstrich Zeit. Keiner rührt sich, dachte die Bäuerin. Ob ihr Mann befürchtet, dass sie der Kaisa Kaffee kocht? Woraus denn! Aus Bohnen vielleicht? Keine fünf Stück waren davon im Haus. Und wenn einem die Magengrube noch so trocken war, zu Hause bekam man keinen Tropfen Kaffee, um sie zu befeuchten. Wenn sie und die Kätner-Reetta nicht letztes Jahr beim Nachbarn in der Sauna auf die Idee gekommen wären, Kaffee zu kochen, hätte sie nie welchen gekriegt. Und das geht ja nun gar nicht. Wenigstens nicht wegen so einem Mann. Und auch sonst wegen keinem.

»Also die Ferkel willst du dir anschauen«, sagte sie wieder laut zu Kaisa.

»Richtig, die Ferkel.«

»Na, dann wollen wir der Kaisa mal die Ferkel zeigen.« Damit stand sie auf und schlüpfte in ihre Schuhe aus Birkenrinde. »Aber was gibt es an den Ferkeln schon zu sehen?«

»Zeig sie mir trotzdem!«, sagte Kaisa.

»Gut, schauen wir nach ihnen.«

»Gehen wir ruhig mal schauen.«

Und so trotteten sie hinaus.

»Dieser Griesgram hockt nur da und grantelt vor sich hin«, flüsterte die Bäuerin Kaisa in der Diele zu und knuffte sie in die Seite. »Grad als wär er verurteilt, für immer dort zu sitzen. Soll er von mir aus sitzen bleiben!«

»Ha, soll er da sitzen!«

»Egal, was man für einen Mann hat, er ist, wie er ist, und bleibt auch so.«

»So bleibt er. Soll er ruhig auf alles aufpassen. Ein Mann mit Hof ist schon was Gutes. Da hast du deinen Unterhalt und bist versorgt. Und vielleicht bleibt auch noch was für die Nachkommen übrig.«

»Das schon. Aber wenn man neben so einem immer nur ein ehrlicher Mitmensch ist, bleibt man sein Leben lang nackt und bloß. Weben darf man, aber entsteht denn Stoff ohne Faden? Man braucht doch was zum Anziehen, wie es bei den Menschen Sitte ist. Aber dafür gibt's keinen Pfennig. Du musst das Geld wer weiß woher nehmen.«

»So ist es. Bloß weil du ihm einmal vor den Altar gefolgt bist.«

»So ist es. Da musst du selber Rat suchen. Und das tut man ja auch, na klar. Schließlich hat das Volk schon immer seine Methoden gehabt. Und Ehefrauen haben eben auch ihre Methoden.«

»Methoden, ha!«

»Unter dem Reisighaufen neben dem Erdkeller steht wieder ein Napf mit Butter, Kaisa. Das wollte ich sagen, nimm die Butter und verkauf sie. Egal zu welchem Preis. Und unter den Napf habe ich den Schlüssel vom Getreidespeicher gelegt, damit Antti seine Angelegenheit erledigen kann. Aber er soll aufpassen, dass keine Körner auf den Boden fallen, wenn er den Sack füllt. Den Schlüssel soll er wieder an dieselbe Stelle legen. Gut, Antti weiß ja, wie er es am besten macht, er ist ja nicht von gestern.«

»Bei so etwas hat der Bursche einen klaren Kopf. Der wird das schon machen, wie früher auch.«

»Und dann kaufst du Kaffee und Zucker und bringst es der Reetta und sagst, die Leena soll das Geld holen kommen, damit sie Garn für Stoff bekommt. Und mir kaufst du beim Kaufmann ein Tuch. Man hat ja nicht mal mehr ein anständiges Kopftuch!«

»Ist das nicht verrückt, was die arme Leena dem Pfarrer für seltsame Worte in den Mund gelegt hat!«

»Was für Worte?«

»Er soll gesagt haben, das häusliche Stibitzen ist Sünde. Aber da hat sie bestimmt geschwindelt.«

»Ha – Sünde! Das hat der Pfarrer doch sicher nicht im Amt gesagt? Bestimmt hat er nur Spaß gemacht.«

»Doch, im Dienst hat er's gesagt!«

»Ist das wahr?«

»Ja. Dabei müsste der Pfarrer die Mannsbilder kennen und wissen, dass es sinnlos ist, sich zu streiten, wenn man in Eintracht leben kann. Lass den Griesgram Trübsal blasen und sich einbilden, dass man in diesem Leben alles umsonst kriegt. Dass man nur die Hand ausstrecken und zugreifen muss. Soll er das ruhig glauben. Warum über ihn jammern? Wenn man nun mal mit ihm vor den Altar getreten und seine Hausgenossin geworden ist, muss man sich mit ihm abfinden. Egal. Obwohl – auch das hat seinen Preis. Weder Mann noch Frau kriegen was umsonst. Die Tasse Kaffee, die man stibitzt und genießt, die hat man auch bezahlt.«

»Das ist wahr. Der Mann, den du genommen hast, ist nämlich deiner. Und weil er deiner ist, kommst du mit ihm auch zurecht. Wenn er jedes Klümpchen Butter zehnmal abmisst, wird er eben zehnfach beklaut. Das ist seit Adams Zeiten Volkes Sitte. Ohne Streit. Wer bin ich denn, dass ich zu streiten anfange und nicht weiß, was sich für den Haushalt und den häuslichen Frieden gehört? Jeder soll sich um seinen Teil kümmern, und auch du sollst deinen Platz haben.«

»So ist es.«

»So ist es am besten. Und jetzt hol dir ein frisches Brot aus der Speisekammer, aber pass auf, dass dich kein fremdes Auge sieht.«

»Mich sieht niemand. Ha – haa!«

»Und wenn der Kaffee da ist, kommst du in Leenas Sauna. Dann können wir wieder über das Dasein der Menschen lachen. Das erleichtert das Herz.«

»Wie der Kaffee, wenn er heiß ums Herz kreist.«

»Da ist man gleich ein ganz anderer Mensch, sorgt sich nicht um unwichtige Dinge und grämt sich nicht. So hat das Leben auch seine glückliche Seite. Das braucht man schon, die eigene Freude – mehr verlangt ja keiner.«

*Aus dem Finnischen von Ingrid Schellbach-Kopra*

## // **KIRSTE PALTTO** *1947

## FRAU MIT ZWEI KÖPFEN

Eira, wo bist du? Komm zurück, verlass mich nicht! Wohin habt ihr Eira gebracht? Eira, Eiraaa!

Ich schlage euch alle Wände ein! Ich muss zu Eira, sofort! Hört ihr nicht? Zum Teufel mit euren verschlossenen Türen, zum Teufel mit euch allen, die ihr mich hier eingesperrt und die ihr mir Eira geraubt habt!

Der Spiegel! Wo ist der Spiegel? Bringt mir den Spiegel, damit ich sehe, ob ich Eira oder Aira bin! Schnell her mit dem Spiegel!

Warum bist du das, du hässliche, missratene Aira? Geh weg, geh weg! Ich will dich nicht sehen mit deinen roten Augen und abstehenden Haaren. Weg, weg von mir! Eiraaa!

Ich schlage alle eure Spiegel kaputt, alle. Ab in die Ecke mit ihnen.

Eiraaa! Komm zurück, ich flehe dich an. Ich kann ohne dich nicht leben, ich sterbe, ich sterbe!

Als ich sechs Jahre alt war, begann mir ein zweiter Kopf zu wachsen.

Es war Sommer, ein schöner, sonniger Tag. Ich lag allein im dunklen Speicher, und das Kissen wurde nass von den Tränen, die wie Sturzbäche aus meinen Augen quollen. Und obwohl ich die Zähne zusammenbiss, ergoss sich ein Tränenstrom nach dem andern auf das Kissen.

Ich war allein auf dieser Welt, vollkommen allein, verwaist und schutzlos, und ich konnte auf niemanden mehr bauen. Ich hörte, wie Mutter auf dem Hof mit meiner Schwester sprach, Vater war mit meinem Bruder fischen gegangen. Ich hatte niemanden, mit dem ich hätte sprechen oder spielen können. Oh, wie froh und heiter die Welt hätte sein können, doch ich gehörte nicht dazu. Ich würde niemals mehr dazugehören.

Dabei hatte ich doch nur den Nachbarjungen Eero kurz umhalst und ein Mal, nur ein einziges Mal, meine Lippen auf seine Wange gedrückt. Und Eero hatte sich auch bloß an mich gepresst und gelacht.

Neulich, am Abend.

Ich war danach so froh, lief hüpfend zum Haus zurück, wo die anderen schon beim Essen waren. Ich nahm mir kaum Zeit, die Hände zu waschen, so eilig hatte ich es, zu erzählen, was ich erlebt hatte. Als ich mich an den Tisch setzte, fragte die Großmutter: »Na, was hat mein kleines Mädchen heute angestellt?« »Ich habe Eero einen Kuss gegeben«, verkündete ich mit heller Stimme.

Es wurde still am Esstisch. Ich sah, wie alle Blicke wechselten. Schließlich räusperte sich Vater. »Was sagst du da? Du hast Eero geküsst?« Ich erschrak über seine Stimme. Sie war streng und kalt. Ich zwang mich jedoch, ihn anzusehen, und antwortete: »Das war lustig.« »Lustig, sagst du?«, brüllte Vater. »Kapierst du denn nicht, dass Kinder so etwas nicht sagen, ja nicht mal denken dürfen? Schämst du dich kein bisschen?« »Aber du und Mutter habt doch auch oft ...«, fing ich an. »Was haben wir?«, fragte Vater und sah mich mit stechendem, hässlichem Blick an. »Na, ihr habt ...«, versuchte ich es erneut, wagte aber nicht weiterzureden und zu sagen, dass ich gesehen hatte, wie Vater Mutter umarmt und auch ihre Brüste befühlt hatte.

»Aira, geh sofort in den Speicher und schäme dich«, befahl Vater. »Und komm nicht heraus, bevor es dir erlaubt wird. Denk genau darüber nach, was du gesagt hast!«

Mir liefen Tränen auf den Teller, und ich bekam keinen Bissen mehr herunter. »Lass das Kind essen«, sagte Mutter. »Außerdem brauchst du nicht so zu schreien.« Aber ich lief hinaus, in den Speicher, wie man es mir befohlen hatte. Dort kroch ich ins Mückenzelt und war allein.

Den ganzen Tag lag ich im Speicher und ließ auch Mutter nicht herein, als sie an die Tür kam und nach mir rief. Großmutter ließ ich ebenfalls nicht zu mir. Schließlich schlief ich über meinen Tränen ein. Es war Abend, als ich aufwachte. Ich umfasste meine Schultern mit beiden Händen und fühlte, dass auf der linken ein kleiner Höcker erschienen war. Ich betastete ihn: Er war rund wie ein Kopf. Da begriff ich, dass Eira entstanden war.

»Eira«, flüsterte ich, »gut, dass du gekommen bist. Von heute an sollst du meine beste Freundin sein. Nicht wahr? Du musst mir helfen. Wenn ich weine, darfst du nicht weinen. Wenn ich klein und kraftlos bin, musst du groß und stark sein.

Wenn ich niedergeschlagen und schweigsam bin, dann lachst du und tröstest mich. Einverstanden, Eira?« Sie antwortete nicht, denn sie konnte noch nicht sprechen. Ich streichelte sie und lächelte. Ich war nun nicht mehr einsam. Ich schlief wieder ein und verließ den Speicher erst am nächsten Morgen.

Eira wuchs äußerst langsam, und ich fürchtete schon, dass sie niemals groß genug sein würde, um mich zu beschützen. Ich sprach jedoch jeden Tag mit ihr, immer dann, wenn ich allein war. Und ich war viel allein in jenem Sommer, denn Vater hatte Eero verboten, mich zu besuchen. Meine Schwester und mein Bruder wiederum waren zu klein, um mit mir zu spielen.

Anderthalb Jahre später kam ich in die Schule, und dann, endlich, wurde Eiras Kopf größer, bis er so groß wie meiner war. Ich erinnere mich gut daran, denn auch damals weinte ich.

Ich musste dringend, aber die Toiletten lagen hinter dem Internatsgebäude, und der Weg dorthin war schrecklich dunkel. Ich wagte nicht, allein zu gehen, und bat andere, mich zu begleiten. Doch niemand ging mit mir. So legte ich mich mit meinem Drang schlafen, wurde aber wenig später wach, weil eine ganze Menschenschar an meinem Bett stand.

Ich hatte mir in die Hose gemacht.

Die Internatsleiterin kam in den Raum geeilt, jagte alle hinaus und riss mich aus dem Bett. Unentwegt schimpfend zerrte sie mich hinter sich her, ich hatte kaum die Schuhe an, als es schon über den Hof zur Sauna ging. Die Sauna war kalt, aber die Frau, eine Finnin, zwang mich, mich auszuziehen und in eine Schüssel mit kaltem Wasser zu setzen. Dabei schimpfte sie die ganze Zeit und schalt mich eine Hosenscheißerin, der man zu Hause keine Manieren beigebracht hatte.

Sie kannte sich aus, denn sie erklärte mir, dass die saamischen Eltern ihre Kinder zu Faulpelzen erzögen. Anschließend musste ich ihr versprechen, ihr die Mühe, die sie mit dem Waschen meines verdreckten Hinterns gehabt hatte, zu vergelten. »Falls du jemals so weit kommen solltest, dir tatsächlich einen Lohn zu verdienen!«, sagte sie noch und befahl mir, mich anzuziehen und schlafen zu gehen.

Ich lief wie um mein Leben und versuchte ungesehen ins Haus zu kommen. Aber sowie ich den Schlafsaal betrat, zeigten alle mit dem Finger auf mich und lachten mich aus. Ich verkroch mich unter der Bettdecke und wagte nicht mich zu rühren.

Nachdem das Licht aus war und alle schliefen, lag ich allein wach und weinte lautlos ins Kissen. Diese Welt war nicht für mich geschaffen, dachte ich, sie war für andere eingerichtet, nicht für so ängstliche und schüchterne Kinder wie mich. Mutlosigkeit überwältigte mich, ich war sicher, dass ich am Morgen tot sein würde. Mein Herz schien immer langsamer zu schlagen: Es hielt zu mir – wir wollten beide denjenigen die Welt überlassen, die sie ertragen konnten.

Und dann kam Eira! Plötzlich erschien sie in voller Größe auf meiner linken Schulter. Sie hatte nicht in die Hose gemacht. Sie lachte und schaute mich an, und obwohl es dunkel war, konnte ich ihre blauen Augen sehen. Oh, wie schön es war, dass sie nicht so braune und hässliche Augen hatte wie ich. Sie standen auch kein bisschen schräg. Sie hatte eine schmale gerade Nase und nicht so eine große Hakennase wie ich, einen kleinen, spitzen Mund und helle Haare. Sie war schön.

»Eira«, flüsterte ich, »was soll ich nur tun? Ich habe mich und Mutter und meine ganze Familie blamiert. Alle glauben nun, dass wir schmutzig sind.« Eira tröstete mich. »Lache über die, die dich auslachen«, sagte sie. Ihre Stimme klang nach einem munteren Bach im Sonnenschein. »Das traue ich mich nicht«, stöhnte ich. »Du musst so tun, als ob du dich nicht fürchtest«, riet Eira. »Lass sie spotten, du hältst das schon aus, wenn du die Zähne zusammenbeißt und nicht weinst. Ich helfe dir dabei. Wenn du nicht klein beigibst, wagt es bald niemand mehr, dich anzurühren. Ich helfe dir doch.«

Als der Morgen anbrach, waren meine Augen vom vielen Weinen geschwollen. Ich stand als Letzte auf und schlich mich so unauffällig wie möglich in den Speisesaal, in der Hoffnung, dass alle schon gegessen hatten. Aber es saßen noch immer viele Kinder an den Tischen. Sowie ich hineinhuschte, erhob sich ein solches Gelächter und solcher Lärm, dass ich schnell zurückwich. Ich hatte keinen Hunger. Ich wollte schon in meinen Schlafraum laufen, da befahl mir Eira: »Geh hinein! Hab keine Angst, beiß die Zähne zusammen und geh!«

Mir brach der Schweiß aus, und mein Herz begann schrecklich zu pochen, doch ich biss die Zähne zusammen und ging hinein. Erhobenen Hauptes setzte ich mich an meinen Platz, um den Tee zu trinken, der in der Blechtasse bereitstand. Das Wort »Hosenscheißer« drang an mein Ohr, aber ich würdigte die Schreier keines Blickes. Meine Hände zitterten, als ich die Tasse anhob, aber ich hielt durch.

Meine Gelassenheit reizte die anderen Kinder immer mehr, und einige kamen ganz nahe an meinen Tisch heran, damit ich sie besser hörte. Mit dem Lärm war es erst vorbei, als die Internatsleiterin uns hinausjagte. Ich war froh, denn ich glaubte schon, gewonnen zu haben.

Doch als ich auf den Hof kam, stürzten sich die größeren Jungen auf mich und begannen mich zu treten und zu schlagen. Es tat furchtbar weh! Tränen stiegen mir in die Augen, ich wollte schon um Hilfe rufen, aber *ich biss die Zähne zusammen*. Ich wimmerte nicht einmal, obwohl ich sicher war, dass sie mich umbringen würden. Ich dachte, es ist besser, tot zu sein, als in einem fort zu leiden.

Sie brachten mich jedoch nicht um, sondern schlugen mir am ganzen Körper blaue Flecken. Ins Gesicht schlugen sie nicht, damit niemand etwas davon mitbekam. Und es bekam auch wirklich niemand etwas mit.

In der Nacht weinte ich wieder. Ich bat Eira inständig, mir bei der Flucht zu helfen. Ich wollte ausreißen, irgendwohin, wo mich niemand schlagen und treten würde. Aber Eira erlaubte es mir nicht. Ich sollte durchhalten, ich sollte zurückschlagen.

Ich hatte Zweifel an ihren Ratschlägen und Angst, weiter zur Schule zu gehen. Doch ich musste ja. Gleich am nächsten Morgen fiel mich Sammol, der stärkste Junge der Schule, von hinten an und packte mich bei den Schultern. Ich schrie laut auf, drehte mich zu ihm um und schlug ihm so fest ich konnte mit der Faust auf die Schnauze. Er war verblüfft, griff mich aber gleich wieder an. Die anderen Jungen eilten ihm zu Hilfe, schafften es jedoch nicht, mich so durchzuprügeln wie am Tag zuvor, denn ich schrie und knurrte, trat um mich, kratzte und spuckte. Es gelang mir, Sammols Gesicht so zu zerkratzen, dass es blutete. Sammol fluchte, aber er zog sich als Erster zurück. Nach und nach ließen auch die anderen von mir ab.

Danach hat mich niemand mehr zum Kampf gefordert. Sammol und die anderen Jungen wagten es nicht, mich anzurühren. Ich war mit ihnen auf Augenhöhe. Bald forderten mich die Jungen auf, bei ihren Streichen mitzumachen, und darin war ich gut, denn ich war gewitzt, flink und ausdauernd. Eira half mir. Schließlich begannen auch die Mädchen der oberen Klassen mich in ihre Cliquen einzuladen, denn ich fürchtete mich nicht einmal mehr vor dem Lehrer. Während der Stunde ließ ich mir Witze einfallen, über die die ganze Klasse lachte. Ich foppte und reizte den Lehrer so sehr, dass ich oft in der Ecke stehen musste. Aber das machte mir nichts aus.

Einmal schimpfte der Lehrer, weil ich das finnische Wort *kynä* falsch aussprach und immer nur »kinä, kinä« sagte. Da flüsterte Eira: »Frag ihn doch mal, ob er den saamischen Zungenbrecher *čieža viđeža čulbme civki cizážiid* sagen kann!« Der Lehrer wurde rot bis über die Ohren, packte mich im Genick und stieß mich in die Ecke. »Was redest du da für Zeug! Schäm dich! Du bleibst in der Ecke stehen, bis die Stunde zu Ende ist!« Er drohte sogar damit, die Schulleitung zu unterrichten, wenn ich während der Stunde weiter unflätige Reden führte. Er hielt eine Predigt, dass man in der Schule die amtliche Sprache sprechen müsse, die, die auch er konnte: Finnisch. Alles andere hielt er für unanständig.

Der arme Lehrer! Er machte einen Fehler, als er sich auf das Gesetz berief und uns streng verbot, Saamisch zu sprechen, denn nun erfanden wir erst recht Neckereien mit *č*, *ŋ* oder *ž*, damit er wütend würde. Ich war besonders eifrig dabei. Ich war auf die gleiche Stufe mit Sammol gelangt: Wir standen beide im Ruf, harte Typen zu sein, mit dem Unterschied, dass Sammol sich an denen vergriff, die kleiner waren als er, aber ich nicht. Ich erinnerte mich gut, wie es war, geprügelt zu werden, und deshalb war ich zum Beispiel bemüht, Sofe, das schüchternste Mädchen unserer Klasse, zu verteidigen. Es war traurig zu sehen, wie sie sich am Schulzaun krümmte und nicht zu rühren wagte, bevor ein Lehrer erschien. Ich wünschte ihr so sehr eine Freundin wie Eira und fragte Eira sogar, ob sie Sofe dabei nicht behilflich sein könne, doch Eira antwortete, dass hänge von Sofe selbst ab, sie könne ihr da nicht helfen.

Ach, Eira. Ohne dich hätte ich niemals gewagt, mich zu verteidigen. Du warst immer bei mir, flüstertest mir deine Ratschläge zu und tröstetest mich. Es war so gut, mit dir die lästige Schule zu durchlaufen. Mit der Zeit war ich auch gar nicht mehr so hässlich, denn ich lernte, meinen Kopf mit Eiras Kopf zu tauschen. Ich wurde schön und hübsch, und als ich größer wurde, schauten mir die Jungen nach oder an mir herunter. In der letzten Klasse war ich (oder Eira) so beliebt, dass immer drei Jungen gleichzeitig für mich schwärmten. Das war schön, so schön! Weil ich nicht mehr hässlich und weder ängstlich noch unfähig war.

Eira, wo bist du? Warum sind nur weiße Wände, zugezogene Gardinen und Licht, das nicht strahlt, um mich herum? Wer hat dich mir geraubt, Eira? War es Ammon? Oder Esko? Warum habt ihr mir stattdessen diese alte und runzelige Aira gelassen? Habt ihr nicht gewusst, dass sie zu nichts nütze ist, dass niemand Aira mag?

Oder doch – einen gab es, für den ich nicht Eira zu sein brauchte. Das war Esko. Und der ist schuld, dass ich jetzt hier bin.

Wem bist du ähnlich gewesen, Eira?

Immer, wenn ich mit dir gesprochen habe, wusste ich, dass du irgendjemandem ähnelst. Du hattest jemandes Stimme, verwendetest jemandes Worte. Warst du ein Geist, der Geist eines Menschen, den ich gekannt hatte oder noch kannte?

Eira, hörst du mich noch?

Ich lege mich hier aufs Bett, Eira, ich schließe die Augen: »Komm! Ich will dich noch einmal sehen, will mit dir sprechen. Komm doch, Eira, komm!«

Aber ich werde dich nicht mehr wiederhaben, ich weiß das. Bist du gestorben, Eira?

Die Zeit fliegt in die Vergangenheit zurück. Ich sehe, wie sie immer weiter dahinjagt, sie lässt diese kalten Wände und diese höllische Einsamkeit hinter sich, in der ich gefangen bin. Melodien erklingen. Ich bin vier Jahre alt. Damals hatte ich Eira noch nicht. Damals brauchte ich sie auch gar nicht. Ich hatte Großvater.

In jenem Sommer, als Eira zu entstehen begann, verlor ich Großvater. Er war im Winter krank geworden. An dem schönen Sommertag, an dem ich allein im Speicher weinte, konnte er schon nicht mehr sprechen. Als ich aus dem Speicher kam, sah er mich nur an und strich mir mit seinen zitternden Händen übers Haar. Eine Träne rollte über seine Wange. Eine Woche später starb er.

Eira, jetzt weiß ich's. Du warst Großvater ähnlich. Du warst wie er, obwohl er grüne Augen und fast schwarze Haare hatte, nicht blaue Augen und helle Haare wie du. Großvater war ebenso gut zu mir wie du, Eira. Ich saß immer auf seinem Schoß und lief ihm überallhin nach. Vater mochte das nicht, ich weiß nicht, warum. Er jagte mich von ihm fort und befahl mir, ihm beim Auswerfen der Fischnetze zu helfen.

Wenn Großvater etwas für Unrecht hielt, beugte er sich nie. Er war in seinem ganzen Leben standhaft. Dauernd hatte er mit dem Polizeibeamten darüber gestritten, wo er seine Fischnetze auslegen konnte, und oft hatte er mit den Leuten von der Gemeinde darüber diskutiert, wo er Brennholz hernehmen durfte. Er war nicht wie Vater, der versuchte, sich allen unterzuordnen, und am liebsten jedermanns Freund gewesen wäre. Merkwürdig, denn immerhin war er Großvaters Sohn.

Großvater hatte viel ertragen, doch seine gute Laune und sein Lachen konnte ihm niemand nehmen. Er war stets bereit, mit mir zu spielen und ausführlich alle meine kindlichen Fragen zu beantworten. Er nahm mich zum Moltebeerensammeln mit aufs Moor und zum Bäume-Abästen mit in den Wald. Er kaufte mir Sommerschuhe, damit ich ebenso schick wäre wie Nachbars Gadja. Er lachte, als er sie mir brachte, und sagte, jetzt sähe sein kleines Mädchen wie eine Prinzessin aus. Mir ist, als ob ich ihn immer noch vor mir sähe, und oftmals kommt es mir vor, als könnte ich ihn berühren.

Greifst du über Zeit und Tod hinweg nach meiner Hand, wenn ich sie nach dir ausstrecke, mein herzensguter Großvater? Kann ich die Wärme deiner Hand in meiner spüren?

Du warst so hübsch, Großvater, obwohl du schrägstehende Augen, ein runzeliges Gesicht und nur ein paar Haare auf dem Kopf hattest. Wenn ich auf deinem Schoß saß, warst du wie die warme und feuchte Erde, in der ich hätte Wurzeln schlagen und wo ich auch ohne Eira hätte erwachsen werden können.

Eira, sag etwas! Ich erzähle dir von Großvater, schon zum

zweiten Mal. Das erste Mal erzählte ich dir von ihm, als wir in der Schule waren. Erinnerst du dich noch, was du gesagt hast? Du hast gesagt, Großvater wolle in Ruhe im Schoß der Erde schlafen, er habe keine Lust mehr auf die Sorgen dieser Welt.

Was meintest du damit, Eira?

Und erinnerst du dich daran, Eira, wie du mir geholfen hast, im Dorf als Bedienung Arbeit zu finden? Du hattest einen schönen Gang und lächeltest hinter dem Tresen wie die Sonne. Ich, die arme Aira, versteckte mich hinter dir und sagte nichts, um nichts zu verderben. Nur in der Nacht kam ich zum Vorschein, Eira. Dann sprachen wir beide Saamisch miteinander, nicht Finnisch wie tagsüber.

Jeden Tag wurde ich Eira gegenüber kleiner und kleiner. Und sie wollte mehr und mehr bestimmen. Meine Bedenken wollte sie nicht mehr hören, sondern alles so machen, wie sie selbst es wollte. Und es bekümmerte mich eigentlich auch nicht mehr, denn Eira machte alles gut.

Sie war wirklich tüchtig. Ammon, unser beider Mann – er verliebte sich nicht in mich, sondern in sie. Eira sah gut aus, war üppig und lebhaft. Sie zog alle Männer in ihren Bann, sogar Ammon, der im Hinblick auf Frauen sehr wählerisch war und nur die »Allerbeste« wollte, wie er sagte.

So wurden euch drei gesunde Kinder geboren. Ihr hattet im Voraus abgemacht, Finnisch mit ihnen zu sprechen, damit sie besser in der finnischen Gesellschaft zurechtkämen. Ich versuchte zu widersprechen und Eira zu beweisen, dass es einfacher wäre, Saamisch zu sprechen, wenn beide Eltern es können. Das heißt, ICH konnte es, Eira sagte, sie könne es nicht.

Sie sagte, IHRE Kinder sollten nicht die gleichen Schwierigkeiten in der Schule haben, wie ICH sie gehabt hätte. IHRE Kinder sollte niemand diskriminieren und missachten. Sie sollten in jeder Hinsicht so gut dastehen wie die finnischen. So äußerte sich auch Ammon, und ich arme Aira musste mich damit abfinden, ihr beide wart ja so klug. Ich widersprach nicht mehr. Trauer erfüllte mich, und ich wusste nicht, warum.

Manchmal jedoch, wenn Eira es nicht bemerkte, ließ ich meine Haare ungekämmt, kochte nicht und machte die Kinder nicht fertig. Ich kaufte mir eine Flasche Wein und trank sie heimlich aus. An solchen Tagen war Ammon schrecklich böse, schimpfte und nannte mich alte Sau und faule Kuh. Ich würde die ganze Zeit nur faulenzen, während er arbeitete und den Unterhalt für die Familie verdiente. So drückte er sich aus, obwohl er selbst von Eira verlangt hatte, die Arbeit als Bedienung aufzugeben und sich daheim um die Kinder zu kümmern.

Doch sobald Eira zurückkehrte, war alles in Ordnung und Ammon wieder guter Laune.

Oh, wie stolz und zufrieden er war, wenn er den Leuten die schöne Eira vorführen konnte! Er rühmte sie als tüchtige Köchin und gute Mutter. Das war sie auch, denn sie sträubte und beklagte sich nicht, sondern machte alles so, wie Ammon es wollte. Wenn Ammon morgens verkatert nach Hause kam, verzieh sie ihm. Wenn er seinen Kameraden gegenüber prahlte, wie lustig sie es im Bett hatten, lachte sie liebevoll. Eira war mit allem zufrieden und machte sich keine Gedanken.

Ich arme Aira jedoch begann über Eiras Kopf hinweg auf die Berge zu schauen, und die Trauer in meinem Herzen nahm zu. Ich hielt Eira und Ammon nicht mehr aus, mochte nicht mehr die Hausfrau sein, die immer nur daheim saß, ewig schmutzige Windeln auswusch und die Kinder fütterte, obwohl ich nur zu gut wusste, dass das Hausfrauendasein von alters her die Berufung der Frau war und es auch in Zukunft sein würde.

Meine Gedanken waren dumm, sie nützten weder der Familie noch der Allgemeinheit. Nach und nach versiegte meine Stimme, bis sie nur noch ein Wimmern war, das Eiras Ohr nicht mehr erreichte.

Ich ließ Eira machen, denn ich hatte nicht die Kraft, mich ständig mit ihr auseinanderzusetzen und ihr immerzu etwas zu beweisen. Ich glaubte allmählich, es müsste so sein. Das würde ich auch jetzt noch glauben, doch dann begegnete ich einem Mann, der sich weder etwas aus Eiras schönem Äußeren noch aus ihrer Umgänglichkeit machte.

Ich begegnete diesem erstaunlichen Mann bei meiner Schwester Else. Er war ein Freund ihres Mannes und gerade erst in unsere Gegend gezogen. Als Eira hereinkam, saß er in der Küche am Tisch und nickte zur Begrüßung. Eira war ausgelassen und kicherte wie ein albernes Mädchen, kokettierte geradezu. Sie grub eine Zigarette aus der Handtasche, zündete sie an und schielte aus den Augenwinkeln auf den Mann. Das war ihre Art zu sagen, dass er ihr gefiel.

Sie blies den Rauch aus, klimperte mit ihren langen Wimpern, ließ ihr schönes Gesicht strahlen und machte sich mit dem Mann »bekannt«. Nachdem dieser Namen, Beruf und Geburtsort genannt hatte, berichtete Eira kurz über ihr eigenes Leben bis zu den Kindern und verkündete »ihre Ansichten«, die allerdings nicht ihre, sondern Ammons waren. Ihren Namen sagte sie jedoch nicht, auch nicht, dass man sie Aira nannte.

Ich arme Aira schaute an Eira vorbei auf den Mann, in dessen Wesen etwas lag, das MIR gefiel. Er hatte kluge, wache und warme Augen, die keineswegs Bewunderung für Eiras geschminkte Lider ausdrückten und auch nicht ihren schlanken Körper suchten. Er schaute ihr die ganze Zeit direkt in die Pupillen, und zwischen seinen Augen erschienen Unmutsfalten. Seine schlanken, langen Finger spielten mit der Streichholzschachtel. Plötzlich fragte er unvermittelt: »Welche Farbe haben deine Augen eigentlich? Wenn du mich anschaust, scheinst du blaue Augen zu haben, aber wenn du Else ansiehst, scheinen sie braun zu sein. Du hast auch zwei Stimmen, die eine hell, die andere tief.« »Was sagst du?«, erschrak Eira. Sie zündete sich hastig eine zweite Zigarette an, und ihre schöne glatte Hülle bekam Risse. Sie wandte sich Else zu und fing an, über dies und jenes zu sprechen, um die Fassung zu bewahren. Doch das gelang ihr nicht, denn ich, Aira, hob nun den Kopf und schaute Esko direkt an. »Sei mir nicht böse«, sagte Esko zu Eira, »ich habe es nicht so gemeint … Aber wie siehst du die Welt?« »Die Welt?« Eira wurde ärgerlich. »Der fragt mich …« »Na, bist du mit deinem Leben zufrieden?«, drängte Esko. »Zufrieden?«, sagte Eira ungehalten. Sie erhob sich, ging unruhig hin und her, goss sich Kaffee ein. »Und, bist du glücklich?« »Glücklich!«

Das war ich, Aira, die das Wort aussprach. Es traf mich wie ein Fluch. Ich sagte es zornig und mit Geringschätzung. Eira sagte keinen Piep.

Nicht Eira saß mehr am Tisch, sondern ich, Aira. Ich war müde, und mir brannten die Augen. Eira hatte mich nicht verbergen können, ich war ertappt worden und saß da wie nackt. Else schaute mich verwundert an. Sie hatte mich, die blasse und verdrossene Aira, vorher nicht gesehen, sondern nur die rotwangige und lebhafte Eira.

Esko schaute mich noch genauer an als kurz zuvor. Ich trank einen Schluck Kaffee und wollte mir mit zitternden Händen eine Zigarette anzünden, ließ es aber bleiben, um die anderen nicht vollkommen zu entsetzen.

»Warum umgeben wir uns mit einer Hülle?«, fragte Esko und lehnte sich zu mir herüber. »Haben wir es denn so nötig, unsere Gedanken und Gefühle zu verbergen?« »Nun lass doch deine klugen Reden, Esko«, wehrte Else ab, »siehst du denn nicht, dass Aira nicht wie sonst ist? Du brauchst die Leute nicht zu ärgern, bloß weil du dich für was Besseres hältst.« »Woher will ich wissen, wann Aira ›wie sonst‹ ist und wann nicht, ich sehe sie doch zum ersten Mal«, verteidigte sich Esko. »Ich will niemanden ärgern, ich habe nur gefragt.« »Ich werde dann mal gehen«, sagte ich, ließ die Handtasche zuschnappen und stand auf. Auch Esko stand auf und begleitete mich in den Flur. Ich wurde völlig niedergeschlagen und war kaum fähig, die Schuhe richtig anzuziehen. »Weißt du, vor wem du Angst hast, Aira?«, fragte Esko und lehnte sich an den Türpfosten. »Vor dir selbst. Vor dir selbst hast du Angst.« »Gut, dass wenigstens du das weißt, du Psychologe!« Ich wurde auf einmal böse und zog mir die Jacke über. »Darf ich dich besuchen kommen?« In der Stimme des Mannes lag ein Lachen. »Ich habe keine Zeit für dummes Geschwätz«, erwiderte ich und stürzte hinaus. Auf der Treppe hielt ich inne. Mein Herz pochte heftig und meine Gedanken waren wirr: Was war das? Wohin würde es mich führen?

An jenem Tag, Eira, hast du mich im Stich gelassen.

Warum hast du nicht mit deinen langen Wimpern geklimpert wie gewöhnlich und über alles, was Esko sagte, gelacht? Warum hast du nicht abgewunken und irgendetwas erklärt, wie du es sonst tust? Wo war deine Kraft? Oder hatte meine eigene Kraft bloß zugenommen?

Wann hätte sie zunehmen sollen? Wer hätte sie genährt? Niemand interessierte sich für meine Gedanken, für meine Art, für mein Tun, für mich. Meine Erschöpfung und mein Missmut müssen es gewesen sein, die dich, Eira, schwächten und zum Schweigen brachten. Oder war der mutige Mann daran schuld?

Von jenem Tag an begann ich mich zu fürchten, denn ich war dabei, dich, Eira, zu verlieren. Und mit dir würde Ammons Liebe gehen. Mit dir würde meine Geduld gehen. Oft träumte ich von einem hohen, schwarzen Zaun, vor dem ich stand, während mich von hinten jemand mit dem Messer bedrohte. Jedes Mal war es ein anderer, niemals derselbe.

Die schweren Erlebnisse aus meiner Kindheit kamen wieder hoch. Auf einmal war ich wie Sofe, die Schüchternste der Klasse. Ich hockte am Zaun, hielt mir den Kopf und fürchtete die Fäuste der anderen. Ich meinte zu spüren, wie Vater mich bestrafte, weil ich Nachbars Eero geküsst hatte. Die Rute schaute aus dem Futter der Kammertür, dieselbe Rute, mit der Vater viele Male auf den Hintern seiner kleinen Tochter geschlagen hatte. Die Rute bedrängte mich: Ob ich etwa immer noch vorhätte, Eero zu küssen? Die Rute hatte Vaters Stimme, aber hin und wieder verwandelte sie sich in die Stimme des Lehrers oder Ammons.

Zeit, Zeit, dreh dich zurück. Dreh dich wie eine Scheibe so weit zurück, bis ich wieder auf Großvaters Schoß sitze, im Sonnenschein an der Hauswand, und den kleinen Vögeln und Großvaters Stimme lausche. Großvater erklärt mir, welcher Vogel jeweils zwitschert: »Aira, hörst du? Dort zwitschert der Buchfink, dort der Bergfink, dort die Bachstelze.«

Zeit, drehe dich bis zu den silbernen Wellen des Sees, wo ich mit Großvater früh am Morgen die Netze prüfte. Ich und mein hübscher, krumm und grau gewordener Großvater. Ich und Großvater und nicht Großvater und Eira. Ich und Großvater und nicht Großvater und Ammon. Ich und keine andere.

Wenn ich jenem Esko nur ein einziges Mal begegnet wäre! Doch ich sah ihn immer wieder im Geschäft, auf der Post, auf dem Schulhof, auf der Straße. Jedes Mal eilte er auf mich zu und fragte, wie es mir gehe und wie ich mich fühle. Wenn Leute zwischen uns standen, reckte er den Kopf nach mir. Wenn ich ihn traf, ahnte ich es schon im Voraus. Er war wie ein böser Geist, der in mich fuhr und nicht mehr verschwand.

Ich begann mich ernstlich davor zu fürchten, was daraus noch werden sollte. Ich rief Eira zu Hilfe, aber sie kam bloß noch in der Nacht. Mit ihrer hellen Stimme hieß sie mich tapfer zu sein und versprach mir zu helfen. Ihre Standhaftigkeit gab mir Halt.

Aber je öfter ich Esko sah, desto verwirrter wurde ich. Es konnte geschehen, dass Ammon mich heulend im Bett vorfand, wenn er nachmittags von der Arbeit kam. »Ist dir dieses Leben nicht mehr gut genug?«, höhnte er. »Wo sind die Kinder? Und schon wieder hast du es nicht für nötig befunden, dich anzuziehen. Was meinst du, was die Leute denken, wenn sie sehen, was für eine Frau in diesem Haus wohnt!? Willst du etwa, dass alle zu lachen anfangen?«

Ich ertrug Ammons Nörgeleien nicht und holte mir immer Eira, damit er zufrieden war. Mitunter kam sie auch, kochte und rief die Kinder zum Essen. Sie räumte auf, machte sauber und wusch die Wäsche. Und sie sprach Finnisch mit den Kindern, wie es vereinbart worden war.

Dann aber geschah, was ich am meisten gefürchtet hatte: Esko kam zu Besuch. Er kam mit Beahkka, Elses Mann, an einem Samstagabend, als Ammon auf Dienstreise in Südfinnland war.

Ich geriet völlig in Panik, rannte hin und her und versuchte Eira zu sein: Ich backte Fladenbrot, schnitt Salat, schmierte Butterbrote, wischte Fensterrahmen und Tische ab, zeigte auf die Berge und sprach von der Ankunft des Frühlings. Ich gab eine ziemlich gute Eira ab, sogar mein Haar war schön, die Fingernägel waren rot, die Augenlider geschminkt, wie es sich gehörte.

»Aira, setz dich mal hin und trink ein Gläschen mit uns. Wir haben einen Wein nach deinem Geschmack mitgebracht«, sagte Beahkka auf dem Sofa im Wohnzimmer. »Warte kurz, ich gehe nur eben nach dem Fladenbrot schauen«, wich ich aus und eilte in die Küche. »Bring Gläser mit, wenn du kommst«, trug mir Beahkka auf. »Ich hole sie schon«, rief Esko und rannte mir in die Küche nach. Ich vergaß nach dem Fladenbrot zu schauen und machte mich daran, Geschirr zu spülen. Esko kam wie ein Plagegeist an meine Seite. »Darf ich abspülen? Du kannst mit Beahkka den Wein probieren«, sagte er und krempelte auch schon die Hemdsärmel hoch. »N-nein, lass nur, das kann bis morgen warten«, sagte ich erschrocken. Mir war der Schweiß ausgebrochen, ich war rot geworden und mir fiel nicht ein, wie ich ihn da ein wenig wegbekommen könnte. »Ich kann das schon«, lachte Esko. »Gib mir mal drei schöne Gläser und komm mit ins Wohnzimmer.« Ich reichte ihm die Gläser, wagte es jedoch nicht, ihn anzuschauen. »Geh vor, ich komme nach«, rief ich und öffnete den Kühlschrank, damit er sah, dass ich zu tun hatte. Esko lachte laut, dass ich ihn unwillkürlich anschaute. »Komm mit, oder ich hole dich«, sagte er und ging.

Ich setzte mich und verbarg mein Gesicht in den Händen. Eira, was soll ich tun?, fragte ich. Eira antwortete nicht. Ich stand auf, biss mir auf die Lippen und ging schließlich in Richtung Wohnzimmer. Ich wollte schon die Tür öffnen, als ich die Rute im Futter der Wohnzimmertür sah. Die fragte mich, ob ich etwas Unschickliches zu denken beabsichtigte, ob ich zu widersprechen beabsichtigte, ob ich Unerlaubtes vorhätte. Mein Blick blieb an der Rute hängen, und ich konnte mich nicht von der Stelle rühren.

Da kam Eira, kam noch einmal voll Kraft und Mut zu mir. Sie riss die Rute aus dem Futter, zerbrach sie und warf sie zu Boden. »Von nun an gibt es keine Ruten mehr«, sagte sie bestimmt. »Geh!« Damit schob sie mich ins Wohnzimmer.

Allmächtige Eira, warst nicht du es, die mich Standhaftigkeit gelehrt hat? Doch, du warst das. Du, meinem hübschen Großvater ähnlich. Ebenso standhaft wie er.

Ich ging also ins Wohnzimmer und setzte mich neben Esko auf das feine Samtsofa, das Ammon für Eira gekauft hatte. Ich nahm das Weinglas und nippte daran. »Übertreibe es nur nicht mit dem Trinken!«, lachte Beahkka und gab mir einen Klaps auf den Rücken. »Der Gauner da hat heute Geburtstag, deshalb sind wir beide hier.« »Aha«, rief ich und hob das Glas zu Ehren von Eskos Geburtstag. »Viel Glück!« »Und Segen«, fügte Beahkka hinzu und leerte sein Glas.

Ich wusste nichts zu sagen, drehte meine Hände im Schoß und wollte mich schon zur Toilette flüchten, als die Kinder ins Zimmer stürmten. Eiras und Ammons Kinder, alle drei. Sie lärmten und brabbelten Finnisch, kletterten auf meinen Schoß und drängten sich zwischen mich und Beahkka. »Du hast lebhafte Kinder«, sagte Esko. »Heutzutage sind die Kinder nicht darauf getrimmt, schüchtern zu sein«, lachte ich wie zur Verteidigung. »Kinder sollen auch nicht schüchtern sein, so meine ich das nicht. Schüchterne Kinder sind eingeschüchtert worden, aber das sind deine Kinder nicht«, sagte Esko und schaute die Jüngste an, Ella, die mir soeben auf die Schulter kletterte. »Mama, sprich Finnisch«, piepste sie, »ich verstehe dich sonst nicht.«

Ich erschrak und riss Ella unnötig heftig herunter. Über mich schien die ganze Hölle hereinzubrechen, denn – wie schrecklich! – mir war das Kind fremd, das meinen Hals umfasste und mich anschaute. Bislang hatten alle Gäste und Verwandten ausschließlich Finnisch sprechen müssen, so hatten Eira und Ammon es verlangt. Saamisch war nicht erlaubt gewesen, damit die Kinder nicht hinter der Sprachbarriere zurückblieben. Jetzt hörten die Kinder zum ersten Mal ihre Mutter zu Hause Saamisch sprechen.

Mein Gesicht glühte. Ich schämte mich für Ellas Worte, aber noch mehr schämte ich mich für das Gefühl, nach dem dieses kleine Kind, Ella, überhaupt nicht mein Kind zu sein schien. Und sie war es ja auch nicht. Sie war Eiras und Ammons Kind, nicht meins. Sie sprach Finnisch wie der Lehrer zu meiner Schulzeit. Sie konnte *kynä* sagen, aber nicht *čieža viđeža čulbme civki cizážiid*. Sie sprach die Sprache des Polizeibeamten, der Großvater unterdrückt hatte. Sie sprach die Sprache, die mir fremd war und die, obwohl ich sie konnte, nicht so tief in mir verwurzelt war wie das Saamische.

»Komm her, Ella, lass uns hinausgehen«, sagte Beahkka auf Finnisch, »lass uns hinausgehen Blindekuh spielen, ihr beide kommt auch mit, Mika und Sari!« Beahkka nahm Ella rasch auf den Arm und führte Mika und Sari hinaus. Ich warf einen Seitenblick auf Esko, der bedächtig Zigarettenrauch ausblies und sich seinem Glas zuwandte.

»Anscheinend lassen sie uns allein«, rief er übermütig aus. »Prost! Auf das Älterwerden! Ist das nicht ein milder Frühlingsabend? Einer, an dem einem alle Wünsche und Träume der Welt in den Sinn kommen, wie in der Jugend … Fast hat man Lust, auf einen Baum zu klettern, wie früher, als wir fünfzehn waren.« »Na … So ist das …« »Was hast du immer gemacht, als du fünfzehn warst? Sicherlich warst du damals schon so schön wie heute, und alle Bengels liefen hinter dir her«, scherzte Esko. »Ich erinnere mich, wie du in der Bar gearbeitet hast. Ich bin im Sommer oft mit Beahkka dort gewesen. Doch du hast dir nichts aus uns gemacht, du hattest damals schon Ammon.« »Na …, kann sein«, stammelte ich. »Aber das Fladenbrot!« »Bleib hier, ich gehe und nehme es heraus«, sagte Esko und verschwand sofort in der Küche. Ich schüttelte den Kopf und wunderte mich, dass es solche Männer überhaupt gibt.

Esko blieb eine Zeit lang in der Küche, und ich trank inzwischen mein Glas aus. Als er zurückkam, trug er einen großen Teller vor sich her. Darauf hatte er Salat, Brot und Obst gestapelt. Sein Gesicht leuchtete wie das eines kleinen Jungen, der einen unerwarteten Gewinn gemacht hat. Esko stellte den Teller auf den Tisch und ging noch Untersetzer und Gabeln holen. »Das wäre doch nicht nötig gewesen«, wandte ich ein – ich, die Hausfrau, deren Aufgabe es eigentlich war, die Speisen auf den Tisch zu tragen. Die Gäste sollten sich setzen dürfen. »Aber trotzdem vielen Dank«, fügte ich hinzu. »Man muss wohl auch Beahkka rufen …« »Lass ihn spielen, wir beide kommen schon allein zurecht. Oder hast du Angst, dass ich dich beiße? Du bist schüchtern, wenn du sogar vor mir Scheu hast.«

Ich holte tief Luft und biss mir auf die Lippe, während ich Salat auf den Teller schaufelte. Ich hoffte, dass der Mann nicht merkte, wie meine Hände zitterten. Zum Glück schaute er gar nicht zu mir hin.

»Aira, hast du dir eigentlich jemals überlegt, wie sehr wir Menschen uns verstellen und in wie viele Rollen wir schlüpfen wie in Kleidungsstücke, die wir eilig aus dem Schrank nehmen? Lange habe auch ich mich verstellt, war mal dieser und mal jener, aber niemals ich selbst. So würde ich es heute noch ständig tun, wenn ich nicht mit dem Auto von der Straße abgekommen wäre und ein halbes Jahr im Krankenhaus gelegen hätte. Da konnte ich über das Leben nachdenken. Oder vielmehr, das Leben begann zu mir zu sprechen und zwang mich, ihm zuzuhören. Damals stellte ich fest, dass ich ängstlich und phlegmatisch war. Das war ja auch kein Wunder, denn man hatte mich in der Schule eingeschüchtert, und ich war so ängstlich geworden, dass sie mich einen Hasenfuß nannten. Ich habe in der Schule kaum einen Laut von mir gegeben, obwohl ich gut und fleißig war, begabt, wie man so sagt. Ich hatte Angst vor meiner eigenen Stimme, die kam mir so hässlich vor, so hässlich wie das Gekrächze eines Kolkraben. Das ist wirklich wahr«, lachte Esko in meine rund gewordenen Augen. Er glaubte, dass ich Zweifel an seinen Worten hegte, obwohl ich über seine Aufrichtigkeit und Offenheit verblüfft war. Er erzählte weiter und schilderte, wie er seine Furcht zu überwinden gelernt hatte. »Das war mit fünfzehn. Ich verlief mich auf dem Fjäll und begriff, dass ich umkommen würde, wenn ich der Angst nachgäbe. Ich bewegte mich eine Stunde nicht von der Stelle und zwang mich zur Ruhe. Stell dir vor, es gelang. Und ich fand den Weg zurück. Ich habe mich auch später noch gefürchtet, aber ich habe mich davon nicht unterkriegen lassen. Denn ich bin zu der Ansicht gekommen, dass im Innern des Menschen immer Furcht und Liebe sind. Die streiten sich wie Hass und Liebe, wie Leben und Tod.«

»Das ist bestimmt so«, sagte ich, und bevor ich es selbst bemerkte, begann ich von der Schule und von Eira zu erzählen. Ich konzentrierte mich so auf das Erzählen, dass es mir gar nicht einfiel, Scheu vor Esko zu haben. Er hörte zu. Seine Augen und sein Gesicht lebten mit meiner Erzählung mit und halfen mir fortzufahren, wenn ich ins Stocken geriet. Ich bekam das Gefühl, ein Mensch für ihn zu sein, nicht nur eine Frau. Mir war, als säße ich auf einem Frühlingsfeld, das nach dem Regen duftete und bereit war, all seine Kraft den Pflanzen zu geben, die in seiner Erde grünen wollten.

Ich stand auf und trat ans Fenster. Ich streckte mich, als ob ich gerade aus dem Bett gestiegen wäre. Esko kam zu mir und umfasste meine Schultern. Ich schaute ihm geradewegs in die Augen.

»Braune Augen hast du also«, sagte er. Helle Freude erfüllte mich. Sie hob mich in die Luft und wirbelte mich herum. Buchfink und Bergfink begannen zu zwitschern. Es war sonnig. Ich saß an der Giebelseite des Hauses. Es war warm.

Ammon kam nach einigen Tagen und fand Eira nicht mehr. Er bekam sie nicht zurück, so sehr er mich beschimpfte und schmähte. Er bekam sie nicht, denn ich brauchte sie nicht mehr und scherte mich auch nicht um Ammons Schelte, obwohl ich nach seinen Worten faul, nachlässig, träge und sonst noch was war. Ins Geschäft wollte mich Ammon auch nicht mehr mitnehmen. Nur die Kinder nahm er mit, und ich hörte, wie er im Hausflur zu ihnen sagte, ihre Mutter habe sich gemein benommen.

Ich war ja auch gemein. Ich machte mir nicht mehr die Mühe, für Ammon Kaffee zu kochen. Ich weigerte mich, seine Hemden zu waschen, und hieß Ammon sie selbst in die Waschmaschine zu stecken. Ich putzte nicht mehr jeden Tag und ließ das Samtsofa verstauben. Wir beschimpften uns ununterbrochen. Die Kinder bekamen Angst vor uns und verschwanden immer in ihren Zimmern, wenn wir in Streit gerieten.

Ach, Ammon, wie viel hast du meinetwegen durchmachen müssen. Verzeih mir, aber ich konnte nichts dagegen tun. Ich war so durcheinander.

Und von irgendwo erfuhr Ammon auch, dass Esko uns besucht hatte. Er hörte sogar, dass ich in aller Öffentlichkeit mit Esko ging.

Armer Ammon. Er schlug Krach. »Du hast mich betrogen«, schrie er aus vollem Hals. »Gehst mit einem fremden Mann und hast mir nichts davon gesagt. Du Hure! Ich verstehe nicht, wie dieser Esko, oder wie er denn heißt, wie der sich erdreisten kann, sich mit dir alter, schlampiger Krähe einzulassen. Schäm dich!« »Sei still!«, schrie ich zurück. »Ich bin nicht Eira, schrei mich nicht an!« »Bist du verrückt? Ich laufe nicht den Frauen hinterher wie du den Männern. Aber ich habe das Recht zu tanzen, mit wem ich will, das geht dich nichts an. Du hast anscheinend vergessen, warum ich dich geheiratet habe. Und jetzt hast du keine Lust mehr, den Haushalt zu machen und dich um die Kinder zu kümmern. Du Schlampe!«

So stritten wir Tag für Tag. Das einstmals friedliche Leben wurde zur Hölle. Das Schlimmste kam in der Nacht, als Ammon angetrunken heimkehrte und auch ich drei Glas Wein getrunken hatte. Ich machte das Bett zurecht und sang vor mich hin, da stürmte Ammon mit weit aufgerissenen Augen ins Schlafzimmer. Er hatte wieder Tratsch über mich und Esko gehört und platzte vor Zorn. »Was machst du mein Bett, geh zu deinem Bock«, begann er wütend. Ich sah, dass er gefährlich war, und wagte nichts zu sagen. »Antworte, zum Teufel!«, brüllte er und knallte mir eine. Er schrie und schlug mich auch auf die Brust und in den Bauch.

Da riss mir die Geduld. Ich packte einen Stuhl und schleuderte ihn auf Ammon. Danach lief ich in die Küche, leerte den ganzen Geschirrschrank auf den Fußboden und legte mich bäuchlings unter den Tisch, wo ich mit ausdrucksloser Stimme Eira um Hilfe rief.

Ammon, mein fürsorglicher Ehemann, mein und des Hauses wahres Haupt, bestellte den Krankenwagen und schickte mich hierher.

Ach, Ammon, verzeih mir. Wenn ich könnte, gäbe ich dir Eira zurück. Mit ihr warst du glücklich, und mit ihr ginge es weiter. Aber ich habe Eira verloren, und somit hast du sie auch verloren. So wie mich, die du niemals gekannt hast. Du hattest weder Zeit noch Interesse, mich, die arme Aira, kennenzulernen. Du brauchtest eine schöne Frau, die zugleich ein ergebenes Dienstmädchen war. Mich hingegen, die tollpatschige, dumme Aira, brauchtest du nicht. Du brauchtest mich nicht.

Eira, bist du tot?

Wer hat dich getötet? Kommst du nie mehr wieder?

Daran ist Ammon schuld.

Bin ich verantwortlich für deinen Tod?

Oder du selbst, Eira, bist du schuld daran?

Zeit, Zeit.

Fliege zurück. Lass mich zu dem Tag gelangen, an dem ich noch nichts Böses getan habe, an dem ich noch nicht an verbotene Dinge denken konnte. Entführe mich in den Zustand der Unschuld, in dem ich war, als ich geboren wurde.

Zeit, Zeit.

Du allein weißt, ob ich hübsch war, als ich in der Wiege lag und zum ersten Mal meine eigene kleine Faust bemerkte. Du allein weißt, ob Menschen um meine Wiege standen, als ich zum ersten Mal lächelte und mit meinem schwachen Stimmchen meine Worte lallte.

Zeit, Zeit.

Entführe mich noch einmal in die Zeit, als Großvater mich laufen lehrte und über die Wiesen trug.

Zeit, Zeit!

Und Leben, dass du mich nicht geschont hast! Du hast mich nicht geschont!

Wer klopft an die Tür? Öffnet die Gardinen, das ist Großvater!

Großvater, ich wollte nicht, dass es so kommt. Du doch sicher auch nicht? Sie haben mich in einen kleinen Raum gesperrt, ganz allein. Großvater, komm, tritt durch die Tür, dann gehen wir beide den Vögeln lauschen.

Lasst mich raus! Ich will zu Großvater in die Sonne. Ich werde eure Türen zertrümmern, ich schlage sie alle ein! Bringt mir Eira! Sofort! Ohne Eira sterbe ich. Ich sterbe, sterbe.

Ich will eure Medikamente nicht, haltet mich nicht auf. Ich mache mich auf den Weg, denn mein Großvater wartet auf mich. Geh nicht weg, Großvater! Warte, ich komme! Warte, schieb das Boot noch nicht ins Wasser! Hörst du? Warte auf mich!

*Aus dem Saamischen von Hans-Hermann Bartens*

// **SUSANNE RINGELL** *1955

## AUSFLUG AUFS LAND

Meine Schwiegermutter hat so seltsame Strümpfe. Sie sind dabei, als wir die Schweine betrachten, die sich prustend im brünstigen Schlamm unserer Jugendträume wälzen. Meine Schwiegermutter steht selbstverständlich auf der richtigen Seite des Zauns und presst ihre Handtasche an den Körper. Sie ist den ganzen Tag Dame. Aber die Strümpfe verraten sie. Die ringeln sich staubigrosa wie bei den Ebern und winden sich wollüstig um die geäderten Knöchel. Sie erinnert sich an Schweineschnauzen, und ich glaube, sie erinnert sich an den Trost, den lieblichen Schweinestalltrost. Weiblich aufmerksam, aber leicht verlegen hege ich den Verdacht, dass mein Mann der Schwiegermutter gern die Strümpfe hochziehen und neue Gummibänder einnähen würde, er ist recht geschickt. Meine sparsame Schwiegermutter interessiert sich für so etwas nicht, nicht für so etwas wie jungfräulich neue Strümpfe. Sie hängt an den alten, den vollgesogenen und eingefressenen, die davon wissen, wie das Leben ihren Körper, ihre Füße geformt hat. Ansonsten ist sie sehr schick, wohlproportioniert, auch die Ohrclips aus Kaufhausgold sind dort, wo sie hingehören. Nur die Sache mit den Strümpfen.

Ich selbst trage italienische Sandaletten, ohne Strümpfe.

Aber unter dem kunstvoll geflochtenen Leder habe ich an einem Zeh Fußpilz, also irgendwohin bin auch ich schon auf dem Weg.

## HOCHZEITSKUMMER

Sie trug nur einen Ohrring, einen Ohrring in einem Ohr. Jetzt, kurz vor der Eheschließung, spürte sie einen akuten Mangel an Gleichgewicht. Es sollte eine kirchliche Hochzeit werden, sie sollte getraut werden, sie sollte solide werden und ein Paar, und das Ohr, Symbol der Jugend, Manifestation der Freiheit, gleich mit. Sie wollte guten, erwachsenen Willen zeigen und beschloss, zuzuschlagen. Das war wichtig. Das war essenziell. Um sicher zu sein, dass es richtig würde, machte sie es selbst. Es blutete, aber nicht sehr. Es blutete etwas und verschorfte, und dann begann das Ohr anzuschwellen. Je näher die Hochzeit rückte, umso stärker schwoll das Ohr an. Unpassend rot war es außerdem, aber da war nichts zu machen. Als der Tag X gekommen war, heiratete sie mit dem linken Ohr als Schleier und Schleppe. Auf dem Weg zum Altar pochte das Ohr plasmaheiß und ertränkte fast den Hochzeitsmarsch, die Brautjungfern mussten mehrere Meter hinter ihr gehen. Aber die machten ihre Sache gut, sie achteten sorgsam darauf, nicht auf das Schleppenohr zu trampeln, und dafür war sie ihnen unendlich dankbar.

Als der Bräutigam nach der Trauung den Schleier für den traditionellen Hochzeitskuss hob, zeichnete sich ihr Gesicht wirkungsvoll weiß vor dem blutroten, pochenden Schleier ab. Eine blasse, dramatische Braut starrte ihn an.

Als sie dann zu Beethoven-Klängen hinausschritten, ließ sie der Gedanke an den Putz nicht los, den Brautputz, der von der Mutter an die eventuelle Tochter vererbt wird – wie sollte sie es damit halten? Der saß doch gleichsam fest, Schleier und Schleppe der nächsten Generation zu überlassen, würde schwierig sein.

Vielleicht würde ihrem Mann etwas einfallen, er war ziemlich erfinderisch und befasste sich gern mit Problemen konkreter Natur.

## PENDANT

Die Hochzeitsnacht wird unvergesslich. Natürlich in einem Hotel. Natürlich in einer Suite, der Hochzeitssuite. Er und sie und Champagner auf einem Berg von Eis. Er entledigt sich des Fracks, sie entledigt sich des Brautputzes, des nicht festsitzenden natürlich. Das Ohr ist, was es ist, ein dunkles Pfauenauge. Sie geht unter die Dusche, was er tut, weiß sie nicht. Er geht unter die Dusche, sie zieht das eigens zu diesem Anlass gekaufte Nachthemd an. Er kommt im Handtuch heraus, sie kommt ihm in ihren klassischen Spitzen entgegen.

»Soll ich den Champagner öffnen?«

Stummes Nicken, diese fremde Stimme, stummes Nicken, sie setzt sich in den Sessel, das Ohr drapiert sie sittsam auf dem Schoß. Es knallt, es perlt, sie trinken. Sie trinken sich zu.

»I got more than I bargained for«, stellt er fest.

»Yes«, sagt sie. »Mehr als genug.«

Er nimmt das Ohr in die Arme, das Ohr füllt die Arme ganz aus, dieses närrische Ohr. Er streichelt es sanft, ihm scheint es zu gefallen, eine Frau zu haben, deren Körperteile unvorhersehbar sind. Er streichelt es, und das Erstaunliche geschieht, unter seinen behutsamen Händen schrumpft das Ohr. Im selben Maß, wie andere, passendere Teile und Glieder schwellen, zieht sich das Ohr zusammen und reicht ihr nur noch bis zur Brust. Sie nimmt einen Schluck, sie nimmt zwei.

»Welche Größe willst du?«, fragt er selbstgewiss.

»Wie gehabt«, sagt sie. »Einfach wie gehabt.«

Und er macht weiter, und sie lässt ihn, und als das Ohr wieder normal ist, beendet er die Prozedur, indem er auf das

Ohrringloch spuckt. Es heilt auf der Stelle zu, und sie ist wie neugeboren. Er trägt sie zum Bett und legt sich auf sie, küsst die rosigen Läppchen.

Dafür hat sie ihn geehelicht, für dieses Gewicht.

Dafür, dass er nicht zurückweicht.

*Aus dem Finnlandschwedischen von Sigrid Engeler*

// **SOLVEIG VON SCHOULTZ** 1907–1996

## GESPRÄCH AUF DER BETTKANTE

Das Auto hielt am Eingang des Krankenhauses. Sie fuhr selbst, deshalb konnte sie ihn erst ansehen, als es zum Stehen gekommen war. Er saß neben ihr und blätterte in seiner Aktentasche, blickte zerstreut auf, mit dieser sich urplötzlich aufhellenden Miene, die sie seit so vielen Jahren kannte und die sie unmöglich einer anderen gönnen konnte.

»Grüße sie von mir«, sagte er. »Was hat die Schwester gesagt, als du heute Morgen angerufen hast?«

»Den Umständen entsprechend gut. Das sagen sie doch wohl immer. – Kennt man doch.«

Sie stieg aus, blieb zögernd im Nieselregen stehen.

Er kurbelte die Scheibe hinunter: »Ja?«

»Ich komme gegen fünf von der Sitzung«, sagte sie. »Und du?«

»Das habe ich dir doch gesagt. Ich muss heute Abend Überstunden machen.«

»Muss das sein? Schon wieder? – Wird es spät?«

»Das kann ich wirklich nicht sagen, das kommt darauf an«, antwortete er und ließ, ohne sie anzusehen, den Motor an. Immerhin ein Hauch von Rücksicht, dachte sie, als sie, noch mit dem Unterschied zwischen Müssen und Wollen beschäftigt, durch die Tür ging.

Es war Besuchszeit. Sie bewegte sich zwischen Plaudern und Rascheln, zwischen Humpeln und Hinken und Flüstern durch den glänzenden Flur, und das äußere Geschehen vermengte sich mit dem in ihrem Inneren, in der Luft lagen Beunruhigung und Sorge durchsetzt von Hoffnung. Viele Augen folgten der sehr aufrecht und rasch ausschreitenden Frau, die so offensichtlich gesund mitten im Leben stand. Sie hingegen hatte kaum einen Menschen wahrgenommen, als sie schließlich an der letzten Tür, einem Einzelzimmer jenseits des Trubels, anklopfte. Falls eine Antwort kam, hörte sie sie nicht. Sie trat sofort ein.

In einen kalten kleinen Raum, in dem alles weiß war, das Bett, die Wände und sogar die Wolldecke. Das Antlitz, das sich ihr langsam zuwandte, wirkte zunächst fremd, aber als es sie erkannte, vollführte die Hand eine hastige Bewegung und schob das auf dem Kissen liegende Gebiss an seinen Platz. Nun wurde das Gesicht wiedererkennbar, fast jedenfalls.

»Mutter, wie geht es dir heute?«

Die Kranke antwortete nicht gleich. Der Weg zurück war weit, und die tief in ihren Höhlen liegenden Augen unter der Stirn brauchten Zeit, um den Anblick der Außenwelt aufzunehmen: die energische Person im strengen Kostüm, ihre Tochter.

»Na ja, es geht so.«

»Der Arzt sagt, du machst Fortschritte.«

Ein angedeutetes Lächeln, kaum mehr als ein flüchtiger Schimmer, war die Antwort. Aber nun, wo sie in ihrem Blick wieder anwesend war, trat etwas Wachsames in die verschatteten Augen. »Und wie geht es dir, Klara?«

»Gut, natürlich. Gut.«

»Und wie geht es mit dem Betriebsverein voran?«

»Gut. Wir sind mit den Statuten fast fertig. Warte nur, wenn wir sie erst vorlegen. Da können sie sagen, was sie wollen, aber wir werden das neue System einführen.«

»Das glaube ich dir. Oder besser, ich weiß, dass du es schaffen wirst, Klara.«

»Ja, du weißt es schon, ich habe es dir erzählt. Bei einem so offenkundigen Missverhältnis –«

Sie brach ab, vielleicht waren die Fakten für die andere zu viel. Zerstreut wühlte sie in ihrer Tasche und war erst wieder bei der Sache, als sie das Feuerzeug in der Hand hielt. »Ach«, sagte sie und klappte die Tasche zu. »Entschuldige. Aber es war in letzter Zeit so viel zu tun.«

»Rauchst du zu viel?« Die Stimme war kaum mehr als ein Flüstern.

Klara schüttelte den dunklen Kurzhaarschopf.

»Aber du siehst müde aus. Du hast tiefe Ränder unter den Augen. Schläfst du schlecht?«

Wieder schüttelte Klara den Kopf. »Ich bin nur überarbeitet. Aber du sollst nicht so viel sprechen, Mutter, das tut dir nicht gut. Ich bleibe eine Weile hier bei dir sitzen, aber schlaf du.«

Klara hatte die Handschuhe ausgezogen. Ihr aufrechter Schattenriss zeichnete sich vor dem Fenster ab. Sie saß auf dem harten weißen Stuhl, war offensichtlich aber ganz woanders. In die Stille mischte sich der Geruch der halbverwelkten Tulpen in der Vase auf dem Tisch. Die Kranke hielt die Augen fast geschlossen. Klara glaubte, sie sei eingenickt und sie selbst könne gehen, wohin sie wollte.

Sie war mit ihren Gedanken beschäftigt und zuckte zusammen als sie erneut die Stimme hörte, die so viel schwächer geworden war seit dem letzten Besuch.

»Setz dich auf die Bettkante, Klara. Ich will dich näher bei mir haben. – Nein, nicht ans Fußende, näher.«

»Ja?«

»Dir geht es gut? – Und Håkan?«

»Selbstverständlich auch gut. – Warum fragst du?«

»Weißt du, ich liege hier und habe Zeit zum Nachdenken. – Ich bin so froh, dass du … Wie sagt man, dass du dich hast verwirklichen können. Du bist die geworden, die … Das hatte ich mir erhofft, wie du weißt.«

»Und ob ich das noch weiß.«

Nun lächelte Klara. Das sollte sie öfter tun, dachte die Mutter, es macht sie jünger.

»Und ob ich noch weiß, wie du gesagt hast: Werde selbstständig, Klara, werde selbstständig. Während du dich um Vater gekümmert und ihn bei Laune gehalten hast und jederzeit für ihn da warst, wenn er dich brauchte.«

»Und das tat er. – Er brauchte mich wirklich, Klara.«

»Na, weißt du. Brauchen und brauchen.«

»Aber du hast ihn doch gekannt. Dieses ständige Auf und

Ab. Diese zwei linken Hände. Ein Schauspieler, der voll und ganz in seinen Rollen aufging. Da musste es jemanden geben, der dafür sorgte, dass er auf dem Boden blieb. Daneben war für nichts anderes Platz, das weißt du.«

»Er hat auch andere gebraucht, oder?«, erwiderte Klara trocken.

Es dauerte eine Weile, ehe die schwache Stimme sagte: »Ja. – Aber auf Dauer war das nicht so wichtig. Er brauchte auf jeden Fall mich.«

Klara gab keine Antwort. Sie wartete.

»Aber du, dachte ich immer ... Du solltest die werden, die ... Du solltest deinen Beruf nie aufgeben. Du solltest dein eigenes Geld haben, du solltest kommen und gehen, wie du wolltest. Selbst über dich entscheiden. Als neue Frau.«

»Werde selbstständig, Klara, werde selbstständig«, murmelte die Tochter, den Blick in weite Ferne gerichtet.

»Findest du, dass ich das zu oft gesagt habe?«

»Du hättest es überhaupt nicht zu sagen brauchen. Es reichte, euch beide zu sehen, Mutter. Wie du immer nachgegeben hast. Wie du nach seiner Pfeife getanzt hast.«

»Das glaubte er. – Aber es gibt so vieles, was du nicht verstehst, noch nicht verstehst. Und du hast bestimmt auch vergessen, dass wir uns mochten.«

»Nun sprichst du zu viel, du ermüdest dich. Und dann muss ich gehen, das weißt du.«

»Nein, geh nicht. – Bleib. Ich bin ja schon still.«

Klara setzte sich wieder und zupfte zerstreut die Blätter von einer verwelkten Tulpe, eins nach dem anderen, jedes zur Mitte hin dunkler und leuchtender als außen. Sie versank aufs Neue tief in ihre Gedanken, so dass sie nicht merkte, wie die andere sie betrachtete; wenn Klara sich allein wähnte, vergaß sie ihre Miene zu kontrollieren, sie wurde älter, die Konturen härter. Klara war nie mitteilsam gewesen, nicht einmal als Kind, sie hatte nicht geweint, wenn sie gefallen war oder sich gestoßen hatte, hatte nie Hilfe bei den Hausaufgaben gebraucht. Klara bat niemals um Hilfe. Vielleicht wusste sie nicht einmal, wie man das anstellte, dachte die Mutter, atmete schwer und nahm ihre ganze Kraft zusammen. Es musste doch möglich sein, sie zu erreichen.

»Klara.«

Klara blickte auf, offensichtlich aus ihren Gedanken gerissen.

»Du bist doch unabhängig, oder?«

»Ja. Wie meinst du das?«, fragte Klara unwirsch.

»Ich meine frei und unabhängig. Håkan hat Verständnis für dich. Er legt dir keine Steine in den Weg. Du kannst einfach deinen Weg gehen?«

Klaras Mundwinkel zitterten leicht.

»Nein«, sagte sie. »Er legt mir keine Steine in den Weg. Das passt ihm vielleicht ganz gut so.«

»Es passt ihm? Inwiefern?«

»Dass ich mit meiner eigenen Karriere beschäftigt bin«, sagte sie. »Dann kann er sich in Ruhe um seine kümmern. Beziehungsweise um ihre.«

»Meinst du diese Zusammenlegung mit Anitas Firma?«, fragte die Mutter vorsichtig. »Aber daran warst du doch auch mit beteiligt, oder?«

»Herrgott noch mal«, sagte Klara und war nun vollständig bei der Sache. »Daran beteiligt! Wenn man eine Freundin hat, die allein mit ihrer Firma dasteht und total unpraktisch ist und Hilfe braucht! Und wenn es außerdem Vorteile bringt ...«

»Ja?«

»Wie konnte ich ahnen, dass es seine ganze Zeit in Anspruch nehmen würde und dass er ständig abends noch da sitzen und – und ihr *helfen* müsste.« Klara klang hilfloser, als ihr bewusst war.

»Aber du bist doch unabhängig, Klara? Du stehst auf eigenen Beinen.«

Klara antwortete nicht. Um ihren Mund zeigte sich ein bitterer Zug, der neu war, und die Mutter verspürte einen Stich. Sie tat Klara weh, aber es musste sein.

»Es war wohl mein Fehler, dass du zu tüchtig geworden bist«, sagte sie leise. »Hast du jemals gezeigt, dass du Hilfe benötigst?«

»Ich habe nie welche benötigt«, sagte Klara. »Und für Spielchen habe ich nichts übrig.«

»Aber Håkan hat vielleicht Seiten, die du nicht hervorzulocken vermochtest?«

»Hervorlocken? Weißt du, was du da sagst? Hervorlocken! Das wären doch solche Spielchen. Was soll denn etwas wert sein, was man sich mit List und Tücke erschleichen muss, wie es Frauen seit Jahrtausenden getan haben! Genau das wollten wir doch überwinden«, sagte Klara mit lauter Stimme. »Oder?«

In dem Moment ertönte auf dem Korridor der Gong, die Tür ging auf, der Ton rollte herein und mit ihm das Gemurmel von draußen. Eine weiß gekleidete Schwester steckte den Kopf ins Zimmer.

»Die Besuchszeit ist um.« Sie klang missbilligend. »Und ich habe Ihnen gesagt, dass man sich nicht zu lange bei Frau Tennberg aufhalten darf.«

»Aber Schwester, das ist doch meine Tochter. Nur noch eine Minute, Schwester.«

»Ich gehe sofort«, sagte Klara und nahm ihre Handschuhe, fast schien sie erleichtert.

Die Tür wurde geschlossen, und die Mutter flüsterte: »Warte noch einen Augenblick. Das ist nicht so schlimm. Weißt du, wenn man nur krank genug ist, hat man auch seine Privilegien.«

Draußen wurde der Gong erneut angeschlagen, sie wartete, bis der Ton verhallt war.

»Während ich hier lag, habe ich über dich nachgedacht. Du bist dir so sicher gewesen, nicht wahr? Du hast geglaubt, du hättest dein Haus auf Fels gebaut. Ich glaube, in gewisser Weise war ich unabhängiger als du.«

»Wie meinst du das?«

»Nun ja, ich war immer abhängig, aber ich war mir dessen bewusst. Ich war dazu bereit. Weißt du, ich bin sozusagen den Schaukelbewegungen des Lebens gefolgt. Dann zerbricht man nicht. Man wird gebogen, aber man zerbricht nicht. Und ist in gewisser Weise innerlich unabhängig. – Aber das verstehst du vielleicht nicht.«

Die Kranke schloss erschöpft die Augen.

Klara schwieg, aber nicht lange. Sie war aus der Reserve gelockt und musste nun fortfahren.

»Ich weiß nicht, ob er mit ihr schläft. Ich habe nicht vor zu fragen. Aber nach all den Jahren! Man glaubt, alles sei wie immer, und macht einfach weiter. Und dann, verstehst du, aus heiterem Himmel. Nichts ist mehr, wie es war. Und niemand sagt etwas. Es liegt einfach nur in der Luft.« Klaras Ton war heftig.

»Er versucht vielleicht Rücksicht zu nehmen. – So ist Håkan doch.«

»Rücksicht! – Das ist ja das Schlimmste. Nicht die Tatsache, dass er mit ihr schläft, falls er das denn tut. Aber das, was sein Gesicht spiegelt, wenn er nach Hause kommt, die Augen, nein, das ganze Gesicht, ich kann es nicht erklären, eine Art Licht – das er mir nicht zeigen will, aus Rücksicht.«

»Ich weiß«, kam es flüsternd, die Augen waren noch geschlossen. »Eine Art Licht. Das man auslöschen will.«

»Auslöschen? Hast du das getan?«

»Nein. Das konnte ich nicht. Ich habe gewartet und es schmerzen lassen. Ein Teil erlischt von selbst, Klara.«

»Aber das weiß man doch nicht«, murmelte Klara in Richtung ihrer Handschuhe.

»Nein. – Deshalb muss man sich unabhängig machen, verstehst du?«

Die Kranke hatte jetzt die Augen geöffnet und versuchte, sich auf den Ellbogen aufzustützen.

»Hör zu, Klara. Ich habe nachgedacht. Über dich und alle Frauen. Darüber, wohin euer Weg führt. Weißt du, über all das mit dem gleichen Lohn und den gleichen Rechten, was so wichtig ist und was du schon erreicht hast –«

»Um Gottes willen, Mutter, leg dich hin, du erschöpfst dich –«

»Ja. Aber ich muss mit dir reden. Das alles geht nicht bis an den Kern. Wenn du wirklich unabhängig sein willst, Klara, und das will man doch, dann musst du tiefer gehen.«

»Aber wie?«

»Du siehst es selbst. Solange du – ich meine, solange man durch eine Beziehung an einen anderen gebunden ist, solange ist man nicht frei.«

»Aber das warst du doch auch, oder?«

»Nur in gewisser Weise. Siehst du, ich wusste, dass ... Wenn man nicht so an sich selbst glaubt, dass man erfüllt leben kann, allein, wenn es sein muss ... Dann ist man verloren. An die Umstände. Die Unsicherheit. Die Abhängigkeit.«

»Und du hättest das geschafft?«

»Ich hätte es versucht. Aus Selbstachtung, Klara. Ich spürte den Keim zu diesem Selbstvertrauen in mir. Und das ist der Punkt. Der entscheidende Punkt.«

Sie lächelte, ihr Atem ging stoßweise. Nicht einmal Klara konnte das entgehen.

»Du musst mich jetzt gehen lassen, Mutter. Hörst du!«

»Gleich. Aber ich bin noch nicht fertig. Verstehst du, wenn ich dich schon mal sehe. Du kanntest diese Stelle nicht, Klara. Da, wo es so wehtut. Bis jetzt.«

»Ja«, sagte Klara langsam, wie zu sich selbst. »Die erkennt man erst, wenn es wehtut.«

»So meine ich das nicht. Aber das stimmt auch.«

»Aber na hör mal!«, fuhr Klara laut fort. »Immer hast du gesagt, dass man alles verstehen und Rücksicht nehmen soll. Und jetzt sagst du auf einmal, dass man keinerlei menschliche Bande haben, sondern nur für seine Arbeit und sich selbst leben soll.«

Vom Kissen war Seufzen zu hören.

Inzwischen dämmerte es, eine Gnade für die weißen Wände.

Jemand ging auf dem Flur vorbei, klopfte zur Erinnerung an die Tür.

»Ja ja, ich hör dich. Aber ich weiß nicht, ob ich noch einmal mit dir sprechen kann, Klara, oder wann. Klara, du verstehst mich falsch. Man kann mit einem anderen zusammenleben, nahe zusammenleben. Und trotzdem frei sein.«

»Frei?«

»Das geht auf zweierlei Art. Die eine: Man ist da, aber mit Abstand. Man schlägt einen Kreis um sich. Bis hierher und nicht weiter. Man denkt – du hast dein Schicksal, ich habe meins. Ich bin bei dir, aber wenn es zu schwer wird, gehe ich. Das ist nicht schwer, Klara. Das tun viele.«

»Und sie haben Recht damit.«

»Sicher. Das ist das Erste, was man denkt. Ich muss ich sein. Nichts darf mir zu nahe kommen.«

»Wenn mir das nur gelingen würde«, sagte Klara sehnsuchtsvoll in die Dämmerung hinein.

»Das wird dir gelingen. Man kann sich frei machen – wenn man es nur selber tut. Über den Schmerz kommt man hinweg.«

»Du hast es nicht getan.«

»Nein, aber ich war kurz davor.«

»Vielleicht kann ich es schaffen«, sagte Klara.

»Dann wirst du feststellen, dass du innerlich enger geworden bist. Wie soll ich das sagen – dass du geschrumpft bist, Klara. Und niemals zu der werden wirst, die du hättest werden können.«

»Ja, aber dann verschwendet man keine Kraft an Unnötiges. Vielleicht kann man sich zusammenreißen, Mutter.«

»An Unnötiges, sagst du? Ach Klara, aus den Umständen wirst du dich nie lösen können. In denen steckst du fest.«

Es war still. Bis vom Kissen, sehr schwach, zu hören war:

»Sieh mal. – Es gibt noch einen anderen Weg, der ist nur viel schwerer.«

»Bist du den gegangen?«

»Ich habe es versucht. Ich weiß nicht, wer es kann. Man braucht dazu seine ganze Kraft. Aber wenn du wachsen willst, ist es der einzige Weg.«

Die Stimme schwand, sie mussten warten, bis sie wiederkehrte. Klara beugte sich vor und tupfte den Schweiß am klebrigen Haaransatz ab.

»Sich nicht abschirmen. Im Gegenteil. Alles umfassen. – Das Schwerste von allem. Gönnen. Den anderen sein lassen, wie er ist, mit allen Fehlern und Schwächen, mit der Distanz, wenn er das so will. Und trotzdem, Klara. Ihn trotzdem gernhaben.«

»Du meinst, man soll sich selbst aufgeben. Damit bin ich nicht einverstanden, das weißt du.«

»Nein. – Nein. – Man soll sich nicht aufgeben. Im Gegenteil, man soll sich seiner so sicher sein, dass man in sich selbst geborgen ist. Dann hat man genug, um großzügig zu sein, Klara.«

»Auch wenn man verliert?«

»Auch wenn man verliert, glaube ich.«

Klara schüttelte den Kopf. Die Augen in den Dämmerungsgrotten sahen es, und eine dünne Hand streckte sich aus und nahm Klaras auf der Decke liegende Hand.

»Einfach an sich glauben. Und großzügig sein. Dann ist man frei, auch wenn man mit einem anderen zusammen ist.«

»Wer kann das«, murmelte Klara.

»Das kann keiner, weißt du. Ohne hineinzuwachsen.«

Klara antwortete nicht. Sie strich mit den Fingern über die Adern, die dünne Haut. Die Hand hielt ihre noch ganz fest, obwohl sie so mager war, dass man die Knochen deutlich spürte. Klara lächelte flüchtig in sich hinein, sie war wieder Kind, erinnerte sich an diese Hand über all die Jahre hinweg.

So saß sie lange in der Dämmerung und vergaß aufzustehen und zu gehen.

Bis die Tür aufgezogen wurde, das Licht aufblitzte und die Krankenschwester mit dem Medikamententablett vor ihnen stand.

»Ich muss schon sagen.« Die Stimme klang kühl.

»Entschuldigung.« Klara blinzelte ins Licht und stand auf, strich die Decke glatt.

»Wir haben Stühle für Besuch. Und bei Frau Tennberg darf man höchstens eine halbe Stunde sitzen.«

»Ja, ich weiß. Ich gehe sofort.«

Klara griff nach ihren Handschuhen.

»Aber es war wichtig, Schwester. Und ich wollte sie hier haben, auf der Bettkante. – Jetzt werde ich meine Tabletten nehmen, so viele Sie wollen.«

Die Schwester zuckte die Achseln, das Tablett klirrte näher, und Klara beugte sich hastig vor und legte ihre warme Wange an die Wange auf dem Kissen. Horchte einen Moment nach dem kaum hörbaren Atem.

»Adieu, Klara. – Grüße Håkan, bitte.«

Klara sah sich nicht um, als sie ging.

*Aus dem Finnlandschwedischen von Sigrid Engeler*

# DER HUNGER NACH LIEBE UND KURZE MOMENTE DES GLÜCKS

Darf man seinen Ehemann betrügen? Ist Pech mit Männern erblich? Regelt man das Leben am besten allein? Wie stillt man die Sehnsucht? Die Erzählungen der vorliegenden Anthologie geben indirekte Antworten auf große Fragen wie diese. Die Sehnsucht nach Liebe kann man zum Beispiel stillen, indem man sich ein Kind machen lässt, ohne den Mann vorher zu fragen. Ist die Mutterschaft dann doch nicht das Richtige, tauscht man den Säugling eben gegen einen Hund ein. Nicht alle Probleme in diesem Band sind so praktisch zu lösen.

*Alles absolut bestens bei mir* versammelt Erzählungen finnischer Autorinnen vom Beginn des zwanzigsten Jahrhunderts bis zur Gegenwart. Das ist der Zeitraum, in dem die Frauen selbstständig geworden sind, nicht nur in Finnland, sondern auch in vielen anderen Ländern, in dem sie mehr Gleichberechtigung erlangt haben und berufstätig wurden. Weil die Erzählungen die Zeit ihrer Entstehung widerspiegeln, sind auch die Frauen darin Abbilder ihrer Zeit: anfangs noch von den Männern abhängige, später dann autonom handelnde Personen mit klaren Zielen. Gemeinsam haben sie, dass sie lieben und geliebt werden wollen, unabhängig von Ort und Epoche.

Alle Autorinnen stammen aus Finnland, trotzdem sind in der Anthologie drei Sprachen vertreten: Finnisch, Schwedisch und Saamisch. In Finnland gibt es mit dem Finnischen und dem Schwedischen zwei offizielle Landessprachen und in beiden Sprachen eine reiche Literatur. Saamisch wird in Lappland gesprochen, wo noch immer eine vitale saamische Kultur existiert. Im Gegensatz zur finnischen und finnlandschwedischen wird die saamische Literatur allerdings äußerst selten in andere Sprachen übersetzt. Die hier abgedruckte Erzählung »Frau mit zwei Köpfen« von Kirste Paltto ist allein deswegen eine Besonderheit. Sie erzählt die Geschichte eines saamischen Mädchens, das sich einen zweiten Kopf wachsen lässt und damit eine andere Identität zulegt, um in einer Welt zurechtzukommen, in der das Saamische verachtet und das Finnische – blaue Augen und blonde Haare inklusive – verklärt wird. Wer einer Minderheit angehört, weiß, was es bedeutet, von der Mehrheitsbevölkerung abzuweichen, und wie stark der Wunsch werden kann, den anderen ebenbürtig zu sein.

Als Königin der weiblichen Kurzgeschichte in Finnland gilt Maria Jotuni. Sie wurde zu ihrer Zeit für unmoralisch gehalten, weil sie keine Scheu hatte, auch die Kehrseiten der Ehe darzustellen. Ihre Geschichten »Am Telefon« und »Volkes Sitte« aus dem frühen zwanzigsten Jahrhundert stecken voller Verschlagenheit und Witz. Die Protagonistinnen legen eine bewundernswerte Findigkeit und viel gesunden Menschenverstand an den Tag, um sich kurze Momente des Glücks zu verschaffen. Für sie kann sich der Höhepunkt des Daseins in einem überraschenden Rendezvous oder in der Solidarität mit anderen Frauen verbergen.

Melancholisch zeigt sich die Einsamkeit einer Frau in der Erzählung »Sommer und eine Frau mittleren Alters« von Eeva Kilpi. Die Schilderung eines intensiven Verhältnisses zum Kreislauf der Natur, zu einem alten Haus und zu der Landschaft, die es umgibt, erinnern an Marlen Haushofer. Mit ihrer

Erzählweise gelingt es Eeva Kilpi, das vielschichtige Bild einer reifen Frau zu zeichnen, die zwar über eine gescheiterte Ehe trauert, aber ihre Kinder und das Leben liebt – und nicht zuletzt sich selbst.

In der scharfsichtigen Erzählung von Solveig von Schoultz werden die Rollen von Mutter und Tochter auf den Kopf gestellt: Die Mutter, die sich nach Trost sehnt, sieht sich gezwungen, ihre unglückliche Tochter zu trösten, und bietet ihr überraschende Einsichten.

Die Frauen in der Erzählung von Sari Malkamäki haben einen gemeinsamen Feind: den Mann, der nichts als Enttäuschung verursacht und die Frauen damit ins gemeinsame männerfeindliche Lager getrieben hat. Ein Trost scheint nicht in Sicht. Die Situation ändert sich, als die Tochter des Hauses auf ihren Freund wartet. Es entsteht eine gewisse Hoffnung das andere Geschlecht betreffend, die jedoch bald erlischt, weil der Auserwählte nicht auftaucht. Nur die jüngste Tochter der Familie hat Vertrauen in den jungen Mann. Entsprechend enttäuscht reagiert sie auf die erwachsenen Frauen der Familie, die heikle Situationen stets mit Schweigen übergehen.

In der Kurzprosa von Hanna Hauru, Rosa Liksom und Susanne Ringell ist die traditionelle Rolle der empathischen und verständnisvollen Frau weit weg. Hanna Hauru spielt ungeniert mit den weniger schönen Einzelheiten des weiblichen Körpers. Sie schert sich nicht um das herrschende Schönheitsideal, sondern preist schwabbelndes Fett und dichte Behaarung. Auch wer nicht der Norm entspricht, hat ein Recht auf Liebe und Bewunderung, lautet die Botschaft und stellt zugleich die gängigen Normen in ein absurdes Licht.

Rosa Liksoms Geschichten wiederum nehmen die Segnungen der Kernfamilie aufs Korn. So fragt sich eine Protagonistin, warum sie in ihrer bescheidenen Hütte die vielen Sprösslinge großgezogen hat, wenn die sich nie bei ihr blicken lassen, während der Nachbar für seine Kinder keinen Finger krumm gemacht hat und nun trotzdem damit belohnt wird, dass ihm sein arbeitsloser Nachwuchs samt Anhang den Haushalt schmeißt.

Susanne Ringell zeigt eine Schwiegermutter und eine Schwiegertochter vor einem Schweinestall und lässt ein Hochzeitspaar unter surrealen Umständen zum Altar schreiten. Die eigenwillige Ausdrucksweise, der ausgeprägte Rhythmus und der hinterhältige Humor dieser Prosa sorgen für einen ganz speziellen Charme.

Bei der Textauswahl für diese Anthologie wurde schnell deutlich, dass kein einheitliches Bild der finnischen Frau und ihrer Art zu leben entstehen würde. Ich habe das, ehrlich gesagt, als Erleichterung empfunden. Im gelobten Land der Gleichberechtigung und der starken Frauen gibt es durchaus auch schwache, hässliche, gescheiterte und niederträchtige Frauen – allerdings auch mindestens so viele erfinderische und zusammenhaltende, zuverlässige und liebende. Frauen, bei denen alles bestens ist – oder wenigstens fast.

*Helen Moster*

## DIE HERAUSGEBERIN

**Helen Moster** (geb. 1961) ist eine finnische Journalistin, Übersetzerin und Autorin. Sie schreibt für die finnische Presse und übersetzt deutschsprachige Literatur ins Finnische, vor allem Prosa von u. a. Jenny Erpenbeck, Stefan Moster, Alain Claude Sulzer und Juli Zeh. Ihr erster Roman *Hylky* (»Das Wrack«) erschien 2011 beim Verlag Avain. Sie lebt mit ihrer Familie in Espoo, Finnland.

## DIE AUTORINNEN

**Hanna Hauru,** geb. 1978 in Oulu, wo sie auch heute noch lebt, ist eine Autorin, deren Texte von grotesken, absurden und stark sinnlichen Elementen geprägt sind. Sie schreibt in unnachahmlichem Tonfall über Weiblichkeit und Sexualität. Bislang hat sie sieben Bücher veröffentlicht, zwei Romane und fünf Bände mit Kurzprosa. Die Geschichten »Stolz auf ihre Figur« und »Die behaarte Frau« sind in dem Band *Liian pienet sandaalit* (»Zu kleine Sandalen«) von 2010 enthalten. // Seite 17

**Maria Jotuni** (geb. 1880 in Kuopio, gest. 1943 in Helsinki) zählt zu den bedeutendsten Schriftstellerinnen ihrer Zeit und hat sich in ihrem Werk vielfältig mit der Lage der Frau und mit gesellschaftlichen Missständen auseinandergesetzt. Sie gilt als Meisterin der kurzen Prosaform und des Dialogs und ist für ihre ganz eigene Komik bekannt. Nach ihrem Studium der Geschichte, Literatur und Kunstgeschichte an der Universität Helsinki debütierte sie früh als Autorin.

Maria Jotuni ging zur damals vorherrschenden romantisierenden Literatur auf Distanz und verlegte sich auf realistische, ungeschminkte Schilderungen. In den Vordergrund tritt eine ungeschönte Personendarstellung, besonders wenn es um das Verhältnis von Männern und

Frauen geht. Ihr berühmtester Roman *Huojuva talo* (»Das schwankende Haus«) schildert eine Ehehölle und erschien erst zwanzig Jahre nach ihrem Tod. Die Erzählungen »Am Telefon« und »Volkes Sitte« stammen aus dem Band *Kun on tunteet* (»Wenn man Gefühle hat«) von 1913. // Seite 95

**Eeva Kilpi** wurde 1928 in Hiitola in Karelien geboren, das heute zu Russland gehört. Mit elf Jahren kam sie als Vertriebene nach Finnland und lebt heute in Espoo. Das Schicksal der Vertreibung zählt neben Problemen zwischenmenschlicher Beziehungen und dem Verhältnis des Menschen zur Natur zu den Hauptthemen ihres Werks. Eeva Kilpi arbeitete bis zum Erscheinen ihres Debüts, der Erzählsammlung *Noidanlukko* (»Rautenfarn«, 1959), als Englischlehrerin. Seither ist sie freie Schriftstellerin. 2011 erschien ihr dreiunddreißigstes Buch, eine Sammlung von Aphorismen und Gedichten aus den Jahren 1984–2011 mit dem Titel *Kuolinsiivous* (»Nachlassbereinigung«). Die Erzählung »Sommer und eine Frau mittleren Alters« ist 1970 in dem gleichnamigen Erzählband erschienen. // Seite 29

**Rosa Liksom** (eigentlich Anni Ylävaara) wurde 1958 in Ylitornio geboren und wuchs in einem lappländischen Dorf auf. Als Teenager zog sie nach Rovaniemi und später weiter nach Helsinki. Sie studierte Anthropologie und Gesellschaftswissenschaften in Helsinki, Kopenhagen und Moskau. Heute lebt und arbeitet sie in Helsinki. Sie zählt zu den vielseitigsten Künstlerinnen Finnlands, denn sie schreibt nicht nur, sondern zeichnet auch Comics, malt und dreht Kunstvideos. 2011 wurde sie für den Roman *Hytti nro 6* mit dem Finlandia-Preis ausgezeichnet. Dieser Roman liegt unter dem Titel *Abteil Nr. 6* (2013) in deutscher Übersetzung vor. Rosa Liksoms Werke sind in fast zwanzig Sprachen übersetzt. Die vier in diesem Band enthaltenen Geschichten enstammen der Sammlung *Perhe* (»Familie«) von 2000. // Seite 83

**Sari Malkamäki** wurde 1962 im westfinnischen Alahärmä geboren und lebt in Helsinki, wo sie Literaturwissenschaft studiert hat und heute als freie Journalistin und Schriftstellerin lebt. Ihr Werk umfasst bislang sieben Bände mit Erzählungen und drei Romane.

Sari Malkamäki schildert den gewöhnlichen finnischen Alltag in verdichteter, lakonischer Sprache und mit verhaltenem Humor. Ihre Novellen bieten den Lesern immer wieder offene Lücken zum Weiterdenken statt direkter Antworten auf problematische Fragen. Die Erzählung »Vertrauen« ist in dem Band *Jälkikasvu* (»Nachwuchs«) von 2009 enthalten. // Seite 7

**Kirste Paltto** (bis 2001 Kirsti Paltto) ist eine saamische Schriftstellerin. Sie wurde 1947 in Outakoski am Fluss Tenojoki geboren und lebt heute in Utsjoki, im äußersten Norden Finnlands. Sie ging zum Studium nach Südfinnland und legte 1971 ihr Lehrerexamen ab. Sie ist die erste Frau, die literarische Texte in saamischer Sprache veröffentlicht hat. Zwischen 1971 und 2007 erschienen elf Bücher von ihr, Romane, Erzählungen, Gedichte und Kinderbücher, dazu zehn Theaterstücke und Hörspiele, teils in saamischer, teils in finnischer Sprache.

Die Erzählung »Frau mit zwei Köpfen« ist der gleichnamigen Sammlung aus dem Jahr 1989 entnommen. Kirste Palttos Bücher sind zum Teil in dem von ihr gegründeten Verlag Gielas erschienen. Die Autorin ist mehrfach ausgezeichnet und in mehrere Sprachen übersetzt worden. // Seite 109

**Susanne Ringell,** geb. 1955 in Helsingfors/Helsinki, ist Finnlandschwedin und hat Erzählungen, Kurzprosa, Dramen, Hörspiele, Gedichte und einen Roman veröffentlicht. Nach ihrem Studium an der Universität und der Theaterhochschule Helsinki hat sie an mehreren finnlandschwedischen Theatern gearbeitet. Ihre Werke sind in mehrere Sprachen übersetzt. Sie lebt in Helsingfors und Nagu/Nauvo.

Susanne Ringell beherrscht die Kunst der kurzen Form, der Miniatur, perfekt. Ihre Sprache wird oft als spielerisch, zugleich aber auch als elegant und konsequent charakterisiert. Sie schreibt Prosa, wie andere Lyrik schreiben. Die in dieser Anthologie enthaltenen Texte »Ausflug aufs Land«, »Hochzeitskummer« und »Pendant« stammen aus der Sammlung *En god Havanna – besläktat* (»Eine gute Havanna – verwandt«) von 2006. // Seite 139

**Solveig von Schoultz** (1907–1996) wurde in Borgå/Porvoo geboren und studierte am Lehrerseminar von Uusikaarleby. Sie zählt zu den Schlüsselfiguren der finnlandschwedischen Literatur des zwanzigsten Jahrhunderts, insbesondere der Lyrik. Ihr Gesamtwerk umfasst an die vierzig Publikationen.

Solveig von Schoultz gilt als scharfsinnige Darstellerin von Frauen und Kindern. Sie hat auch Dramen, Hörspiele und sogar Schulbücher verfasst, ist mehrfach ausgezeichnet und in etliche Sprachen übersetzt worden. Die Erzählung »Gespräch auf der Bettkante« (»Samtal på en sängkant«) ist in dem 1976 erschienen Erzählband *Somliga mornar* (»Einige Morgen«) enthalten. // Seite 147

## DIE ÜBERSETZERINNEN UND ÜBERSETZER

**Hans-Hermann Bartens:** *»›Frau mit zwei Köpfen‹ ist eine eindrucksvolle Erzählung über die doppelte Schwierigkeit der Identitätsfindung und Selbstbehauptung als Saamin und Frau.«*

Geboren 1945 in Adelebsen bei Göttingen. Studium, unterbrochen durch einen längeren Finnlandaufenthalt, an der Georg-August-Universität Göttingen. Promotion 1978 mit einer sprachwissenschaftlichen Arbeit über das Saamische. 1978–2008 Wissenschaftlicher Mitarbeiter am Finnisch-Ugrischen Seminar der Universität Göttingen. Veröffentlichungen zu Sprache und Folklore der finnisch-ugrischen Völker: u. a. *Lehrbuch der saamischen (lappischen) Sprache* (1989), *Märchen aus Lappland* (2003), *Wotische Folklore* (2012). Mitherausgeber der Ural-Altaischen Jahrbücher Neue Folge seit 1984. // Seite 109

**Sigrid Engeler:** *»Die Geschichten von Susanne Ringell erschließen sich in ihrer hintergründigen Absurdität erst auf den zweiten Blick – für die Übersetzerin bietet das zugleich Herausforderung und Vergnügen. Und Gleiches gilt auch für Solveig von Schoultz' fein ausbalancierte Erzählung vom Ringen der Frauen um ein selbstbestimmtes Leben.«*

Sigrid Engeler, geboren 1950, Dr. phil., lebt in Kiel. Sie übersetzt seit unvordenklichen Zeiten – früher mittelalterliche skandinavische Texte, seit 18 Jahren Gegenwartsliteratur aus dem Schwedischen, Dänischen und Norwegischen. Aus Finnland unter anderem die Autorinnen Monika Fagerholm und Hannele Mikaela Taivassalo.
// Seite 139, 147

**Stefan Moster:** *»Die Lichtblicke der Übersetzungsarbeit bestehen in unverhofften Entdeckungen. Wenn man plötzlich auf einen inspirierten, gut geschriebenen Text stößt, der jede Mühe wert ist. Einen Text wie die in diesem Band enthaltene lange Erzählung von Eeva Kilpi. Dann wird dem Übersetzer schlagartig vor Augen geführt, worin der Sinn seines Berufs besteht.«*

Stefan Moster, geboren 1964 in Mainz, lebt als Autor und Übersetzer seit 2002 in Espoo (Finnland). Er übersetzt finnische Literatur aller Gattungen und ist dafür u. a. mit dem Finnischen Staatspreis für Übersetzer ausgezeichnet worden. Seine bislang drei Romane sind im mareverlag erschienen, zuletzt *Die Frau des Botschafters* (2013).
// Seite 29, 83

**Regine Pirschel:** *»Kurzprosa zu übersetzen macht Spaß, zumal von so guten Autorinnen wie Hanna Hauru und Sari Malkamäki, obwohl auch die wenigen Seiten ihre Tücken haben und sich nicht immer leicht erschließen, denn man kann sich nicht, wie etwa bei einem Roman, aus einem größeren Zusammenhang Erklärungen holen.«*

Regine Pirschel, geb. 1942, studierte nordische Sprachen mit dem Schwerpunkt Finnisch an der Universität Greifswald. Sie arbeitete zunächst als freiberufliche Dolmetscherin, seit den siebziger Jahren übersetzt sie Belletristik aus dem Finnischen, in jüngster Zeit hauptsächlich die Werke des populären Autors Arto Paasilinna. // Seite 7, 17

**Ingrid Schellbach-Kopra:** *»Mir gefällt die Dramaturgie in den Texten von Maria Jotuni, mir gefällt, wie sie die Sprache dem jeweiligen Milieu der Rollenfigur anpasst, ihre Sprache ist lebendig, anschaulich und ausdrucksvoll – eine Freude für die Übersetzerin!«*

Ingrid Schellbach-Kopra, geb. 1935 in Halle/S., studierte Finnougristik, Skandinavistik und Völkerkunde in Berlin und Göttingen. Nach langer Lehrtätigkeit an Universitäten in Finnland war sie von 1990 bis 2001 Ordinaria für Finnougristik an der LMU in München. 1980 erhielt sie den Finnischen Übersetzerpreis.

Neben zahlreichen wissenschaftlichen Übersetzungen veröffentlichte sie u. a. Sammlungen mit Gedichten von Viljo Kajava, Eeva-Liisa Manner, Lassi Nummi und Lars Huldén. // Seite 95

*Bisher bei uns erschienen:*

**»Aufbruch« 2010**

- *Band 1* »Heldinnen des Glücks« Sieben Geschichten vom Aufbruch
- *Band 2* Kate Chopin »Das Erwachen«
- *Band 3* Joyce Johnson »Zaunköniginnen«
- *Band 4* Irmtraud Morgner »Hochzeit in Konstantinopel«
- *Band 5* Malin Schwerdtfeger »Café Saratoga«

**»Wagnisse« 2011**

- *Band 6* Susanna Alakoski »Bessere Zeiten«
- *Band 7* Zora Neale Hurston »Vor ihren Augen sahen sie Gott«
- *Band 8* Eudora Welty »Vom Wagnis, die Welt in Worte zu fassen«
- *Band 9* Ruth Liepman »Vielleicht ist Glück nicht nur Zufall«
- *Band 10* Annette Kolb »Das Exemplar«

**»Spiegel« 2012**

- *Band 11* Alice Pung »Ungeschliffener Diamant«
- *Band 12* Beryl Fletcher »Pixels Ahnen«
- *Band 13* Marilynne Robinson »Haus ohne Halt«
- *Band 14* Marchesa Colombi »Ein Bräutigam fürs Leben«
- *Band 15* Erika Burkart »Grundwasserstrom«

**»Verstrickungen« 2013**

- *Band 16* Diane Middlebrook »Du wolltest deine Sterne«
- *Band 17* »Wenn der Hahn kräht« 12 hellwache Geschichten aus Brasilien
- *Band 18* Barbara Trapido »Jonglieren«
- *Band 19* Madeleine Bourdouxhe »Auf der Suche nach Marie«
- *Band 20* Gina Kaus »Die Schwestern Kleh«

**»Alleingänge« 2014**

- *Band 21* »Alles absolut bestens bei mir« 15 Alleingänge aus Finnland